나의 질문

나의 질문

안희경 에세이

차례

누런 봉투

·

·

·

2002년 5월 어느 날, 붉은 티셔츠가 온 동네를 경중거리고 태극기가 망토와 치마가 되어 펄럭이던 해의 모든 특별한 날을 비껴간 평범한 날, 나는 광화문에 있는 미국 대사관에서 누런 봉투를 받아 들었다. 100원짜리 평범한 서류봉투였지만, 미국 연방 공무원은 내게 봉투를 열지 말 것과 미국 입국 시 공무원의 눈에 띄도록 반드시 손에 들고 있을 것을 지시했다. 영문도 모른 채 공손해지는 순간이었다.

담벼락 따라 긴 줄이 늘어선 대사관 쪽문을 나와 북악산으로 향했다. 안양 집으로 가는 길이지만, 미국 이민국에 피앙세 비자를 접수한 여덟 달 전부터 곧 그리워하게 될 정경을 눈과 마음에 넣어두고 있었다. 삼청동을 지나 성북동 골목을 넘어 북악 스카이웨이를 돌아 청운동을 훑은 후 사직단 뒷길로 내려왔다. 다시 광화문 언저리다.

국민학교 5학년 때부터 중학교 2학년 때까지 삼청동 언덕을 지나다녔다. 봉화산 아랫동네인 묵동에 살던 때라 1시간 가량 걸리는 길을 버스를 두 번씩 갈아타며 다녔다. 내게 토요일과 일요일은 버스에서 바라보는 창밖 풍경에 넋 놓고 빠지는 날이었다. 특히 광화문에서 삼청동으로 오르는 길은 특별했다. 화려한 야외 무대와 궁궐 안 연못가로 둥둥 떠다니느라 졸릴 새가 없었다. '이리자 한복 연구소'에 걸린 한복이 어떤 색으로 바뀌었나 목을 빼고 훑었고, '앙드레김 의상실'에 걸린 웅장한 드레스에 고개가 꺾어질 때까지 눈을 떼지 못했다.

나는 어린이 합창 무용단원이었다. 세종문화회관 정기공연이 임박해서는 주중에도 연습을 다녔고, 겨울방학에 떠나는 미국 일본 순회공연에 앞서서는 합숙 훈련을 하기도 했다. 20여 년이 흘러 세계의 지성들을 섭외할 때, 편지 쓰고 전화할 배짱이 어디서 나왔을까 생각해본 적이 있다. 아마도 이 시절 무대에 몰입했던 경험 덕분이 아닐까 싶었다.

어디 그리운 곳이 북악산과 인왕산 언저리에만 있을까. 서울에서 한강을 건널 때면 꼭 잠수교로 건넌다. 그날도 반포대교 대신 시속 40킬로미터로 가야 하는 잠수교를 탔다. 창문을 활짝 열어 강바람을 맞았고 물결 소리로 아쉬움을 달랬다.

한 번도 집을 떠나 살거나 혼자 산 적이 없었는데, 왜 그리도 그리움을 준비했을까? 결혼과 맞물렸기 때문이었을까? 지금 돌이켜보면 내 안에서 팔딱거리는 불안감을 다독이기 위함이었던 것 같다. 그만 좀 벌렁거리길 바랐다. 결혼을 남편과 내가 만들어가는 새로운 삶의 방식이라고 생각하지 못하고 '목적지goal'라고 생각했다. 나중에야 '지독한 출발점'이라는 것을 알았지만.

당시 문인화 모임에서 전각을 배우던 나는 마지막 수업 날, 선생님께 '참을 인(忍)' 세 개를 써달라고 부탁했다. 선생님은 웃으면서 '좋아할 호(好)'를 써주셨다. 인사동 표구점에서 액자에 넣어 온 그 글씨를 볕이 잘 드는 다이닝룸에 걸어두었다.

12월에 결혼하고 3월에 사표를 냈다. 그리고 여행 비자를 받아 한 달 예정으로 미국에 갔다. 공항에서 겪은 부모님과 이별은 예고편이었는데도 아팠다. 정말로 떠날 때는 얼마나 힘들까. 겁이 났다. 누런 봉투를 들고 태평양을 건너온 사람들로부터 그들의 공항 이별을 들었다. 눈물을 쏟으며 부모님과 끌어안았다 떨어지기를 반복하느라 출국장을 몇 번씩이나 들락거렸다고.

외국 생활에 막연한 호기심은 있었지만, 미국이 내 나라보다 낫다고 생각하지는 않았다. 먼저 이민 온 한국인들한테 느껴지는, 한국을 무시하는 듯한 태도는 마치 나를 폄하하는 것처럼 받아들여졌다. 소심해졌다. 당장 맞닥뜨려야 했던 영어라는 장벽과 외국 생활이라는 현실도 나를 방어적으로 행동하게 했다.

그런데도 영어학원 대신 《사기史記》 강독 수업에 등록했다. 사마천의 《사기》 원문을 공부하는 모임이었다. 대만에서 출간한 열 권짜리 원서를 한지로 감싸 애지중지했고 토요일마다 수업에 참석했다. 목이 덜렁거릴 정도로 좋았지만 미국에서 배울 수 없는 것을 배워가겠노라 허세를 부렸다. 원어민이 사는 동네에 가는데 뭐하러 영어에 돈을 쓰냐고 호기를 부렸다. 하지만 말부터 배워야 했다. 나를 구하려면 나를 설명할 언어부터 채워 넣어야 했다.

내가 들고 간 누런 봉투에는 이별의 두려움과 살아온 시간의 그리움과 들키고 싶지 않은 자존심이 함께 담겼다. 그것들을 단속하고자 어머니와 동행했다. 어머니는 여행이고 나는 이민이다. 인천공항 출국장 유리벽 너머에 있는 아버지와 오빠 가족을 보는 마음이 애달팠다. 고모에게 오겠다고 유리벽을 밀어내던 세 살짜리 조카의 열 손가락이 자국을 남기며 미끄러졌다.

샌프란시스코 공항에 도착한 2002년 6월 5일, 사람들 틈에서 구불구불한 줄을 따라 느린 걸음을 옮기고 있을 때였다. 제복 입은 직원이 다가와 제일 오른쪽 창구로 나를 이끌었다. 누런 봉투를 본 것이다. 네댓 가족이 있었고 그 줄은 더욱 느리게 움직였다. 움직임은 내 앞에 사리를 두른 할머니 앞에서 멈췄다. 한 직원이 할머니에게 영어로 묻자, 할머니는 당신의 말이 아니라며 손을 내저었다. 직원이 사무실 쪽으로 사라지더니 인도계 직원을 데려왔다. 할머니와 몇 마디 대화를 나누던 그 직원도 물러가고 또 다른 직원이 왔다. 생김새는 인도계 같은데, 그도 할머니와 통하는 말을 알지 못했다.

할머니의 복장은 전형적인 사리였지만, 인도인지 파키스탄인지, 아프가니스탄이나 또는 내가 미처 모르는 어느 지역에서 왔는지 알아차리기 어려웠다. 그 사이 시간은 30분도 더 지났고, 입국 창구 전체에서 심사받을 사람은 그 할머니와 나와 어머니뿐이었다. 하지만 그것도 잠시, 다시 비행기가 도착했고 사람들이 우르르 몰려들었다. 내 뒤에도 몇 가족이 줄을 이었다. 등 뒤에 줄이 길어지면 안달이 날 법도 하건만 할머니는 미동도 하지 않았다. 단정히 빗어 쪽 찐 머리 위로 하얀 머리칼들이 부스스 일어나 있었고 걸치고 있는 사리는 빛바래고 남루했다. 샌들 밖으로 드러난 발뒤꿈치는 어지러이 갈라져 있었다. 그러나 이 모든 허름함을 탐색하는 시선이 무색하도록 할머니의 자세는 꼿꼿했다. 우왕좌왕하는 제복 입은 직원들과 달리 할머니 입가에 서린 미소는 한순간도 사라지지 않았다. 어깨와 턱이 풀죽어

내려앉지도 않았다. 어머니가 내게 한마디 건넸다.

"도인이다. 이 상황에서도 평화롭게 자기 삶을 사시네. 우리 딸도 저 할머니처럼 살면 좋겠다."

마침내 할머니는 언어가 통하는 직원과 복도 너머 사무실로 사라졌고, 나의 누런 봉투도 부스 안에 자리 잡았다. 그리고 나는 이민자가 되어 날마다 파란 하늘이 기다리는 캘리포니아 '나의 집'으로 갔다.

1
보다

마이너리티가 준 선물

.

.

.

딸아이가 15개월 되었을 때다. 여느 아침처럼 아이를 포대기에 두른 채 식구들이 나간 자리를 정리하고 소소한 집안일을 하다 보면, 아이는 묵직하게 늘어진다. 순하다. 아쉬운 건 그런 곤한 잠이 나의 등과 배 위에서만 이루어진다는 것이다. 같이 누워 팔베개하든지, 아니면 등에 매달고 앉든지 서든지 해야 한다. 고달픈 일이지만 그저 새로 생긴 팔 한 짝이려니, 돈 주고 가야 하는 피트니스 클럽 대신 공짜 웨이트 트레이닝하는 것이려니 여기며 지냈다.

오렌지꽃 향기가 솔솔 풍기던 4월 어느 아침, 늘어진 아이의 엉덩이를 한 손으로 받치고 유튜브를 뒤졌다. 전날 뉴스에서 본 〈브리튼스 갓 탤런트Britain's Got Talent〉에 나온 벼락스타를 찾았다. 스코틀랜드의 소도시에서 왔다는 마흔일곱 살 수전 보일의 노래를 들으려고 침대에 배를 기대고 엎드려 두 발을 모으며 집중했다.

헝클어진 머리카락과 어눌한 말투로 심사위원과 관중의 냉소와 비웃음을 받던 수전은 노래가 시작되자 콘서트홀을 통째로 승천시킬 듯 맑은 음색을 뻗어 올렸다. 나의 머릿속도 빛을 뒤집어썼다. 수전은 〈레 미제라블〉에 나온 〈I dreamed a dream〉을 불렀다. "나는 꿈을 꾸었지요"가 반복되는 가사를 따라 부르자, 나도 모르게 '그래, 나도 꿈을 꾸었는데…' 하는 탄식이 새어 나오며 눈물이 터졌다. 한참을 울고 나니 등을 짚고 몸을 일으킨 아이가 느껴졌다. 물보다 빠르게 마른 눈물이 내 목 언저리를 당겼다.

서른한 살까지 유창하게 구사한 언어가 무용지물이 되는 곳으로 이주했다. 영어로 하는 내 말에는 자주 "huh?"나 "what?"이라는 물음이 되돌아왔다. 통역하면 "영어냐?" 정도일까. 물론, 애쓰며 대화를 이어가는 사람들도 있었지만, 수업도 아닌데 집중해서 듣는 그들의 노고가 불편하여 나는 적당한 때에 입을 닫았다. 그러고는 적극적으로 웃으며 알아듣고 있다는 신호를 보내곤 했다.

내가 '교포'라는 부류에 속하게 됨을 알았을 때 나는 또 한번 이주를 경험했다. 결혼하면서 새 동네, 새집에서 살게 된 것

뿐이었는데, 등 뒤에서 먼저 와 살던 이민자들이 "신부를 한국에서 데려왔대"라고 수군거렸다. 나는 수동태로 존재하는 사람이었다. 이곳 사람들은 환영도 해주었지만, 나를 평가하고 가르치려고 했다. "미국에서는 한국식이 안 통해요" "미국에는 미국식이 있어요"라는 친절한 안내가 나에겐 어서 너의 모든 지식과 경험과 추론을 지워버리고 '미국 사람이 되라'는 명령으로 들렸다.

그런 시간이 몇 년 흐른 뒤 누군가 장가간다는 소식을 들으면, 내 입에서도 "한국에서 신부를 데려왔대?"라는 말이 나왔다. 그때 알았다. 그 말에는 '얼마나 적응하기 힘들까?'라는 안쓰러움이 들어 있다는 것을. 사는 땅이 바뀌고, 습기 빠진 건조한 공기를 마시며 살아가야 한다는 것은 뒤얽힌 관계만큼이나 불안을 부추긴다.

그리고 나는 30년 동안 자존감을 형성했던 것들을 하나둘 버렸고, 때론 잃어버렸다. 영어를 익혀야 한다는 조급함에 한글 책과 한국 드라마를 보지 않았다. 그렇게 서너 해 지나는 동안 내 안의 단절이 만든 멍울이 깊어지는 것을 알지 못했다.

미국 온 지 6년쯤 되었던 때 같다. 대학 시절 함께 활동하던 친구를 만났다. 친구는 프랑스 유학 후 한국의 대학에서 학생들을 가르치고 있었다. 마침 두 번째 번역서가 나왔던 때라 친구에게 책을 건네며, 첫 장에 친구의 이름을 쓰고 서명을 했다. 친구가 작게 탄성을 질렀다.

"역시, 안희경 글씨는…."

순간 마음이 움츠러들었다. "그렇지? 글씨에 괴팍한 성격이 나오지?" 하며 얼버무리자 친구는 정색하며 말했다.

"아니, 네 글씨 멋있어. 자유로워!"

나의 손글씨는 들쭉날쭉하다. 그래서 만년필을 좋아했고 스물두 살부터는 만년필로만 글씨를 썼다. 큼지막하게 글씨를 흘려 쓰며 "호방하지 않나요?"라고 너스레를 떨기도 했다. 그러던 내가 남편을 비롯해 먼저 미국에 와서 사는 사람들한테 맞춰 산다고 노력하는 동안, 나의 글씨체마저 비하하게 된 것이다. 그 짧은 순간에 일그러진 나의 자존감을 보았다. 한국에서 사회생활 하면서 인정받았던 모든 것을 잊자고 마음먹고 사는 동안 나는 너무도 작아져 있었다. 아이를 낳고, 아이와 함께 온종일 시간을 보내며, 내게 익숙한 글로 쓰인 책과 멀어졌던 시간 속에서 나는 영어 실력에 내 지식과 인지능력까지 꿰맞춰버리고 말았다.

나만 그런 시간을 보냈다고 여겼다. 그러나 나중에 SNS를 통해 알게 된 이민자 여성들을 만나면서 그들도 자존감 무너지는 시간을 보냈고, 또 지금 보내고 있다는 것을 느꼈다. 미국에서 가장 많이 들은 말이 "미국에서는 그러면 안 된다" "미국에 적응하려면, 네가 한국에서 무엇을 했든 어떤 인정을 받았든, 다 잊어야 한다"였다고. 미국에 유학 왔다가 자리 잡고 살게 된

이들도 뒤늦은 심리적 이민 과정을 겪으며 우울감에 빠졌다고
했다. 옮겨진 자리가 버거워 분노를 가두기 어려운 격한 우울을
지나고 있다는 후배의 고백도 들었다.

내 글씨체를 칭찬하는 친구의 사소한 인정에 '나'는 살아나
기 시작했다. 세 살 된 아들을 발도르프 유치원에 보내며 생각
이 맞는 부모들을 만났다. 자연과는 가까이, 소비를 부추기는
사회로부터는 거리를 두고 키우고 싶어하는 사람들을 만나게 되
었다. 열정이 살아났다. 미국에서 일고 있는 대안적인 삶을 취재
하기 위해 발걸음을 옮겼고, 번역뿐 아니라 내 글을 쓰기 시작
했다. 발도르프 교육에 관한 책을 쓰겠다고 마음먹고 주말과 휴
일에 진행하는 발도르프 교사 양성 과정에 저축을 헐어 등록했
다. 교육과정을 끝까지 이수하지는 않았지만 이듬해 집 밖으로
나와 질문하는 여정으로 나아가게 하는 디딤돌이 되었다.
　지금 나는 그때의 수전 보일보다 한 살 많은 마흔여덟이다.
지난 10년 동안 내 일을 하면서 미국 땅에서 '완벽하게 수상한
사람total stranger'에서는 벗어난 것 같다. 이민자 여성으로 16년을
살다 보니 오히려 전보다 더 세심하게, 여러 사정에 놓인 이들을
살피는 눈도 갖게 되었다. 마이너리티가 준 선물이다.

무심결에 지나친

．

．

．

곧 외할머니가 될 여인과 출산을 앞두고 아기집을 힘겹게 부여잡은 여인이 함께 동네를 걷고 있다. 사흘 전 샌프란시스코 공항으로 들어온 예순일곱 살의 여인은 짐 보따리에 넣어 온 기장 미역 두 축을 풀며 딸에게 말했다.

"미역 한 축은 나무로 치면 한 그루야. 한 달 동안 다 먹이고 갈 거다. 나머지 한 축은 두고두고 먹고. 해묵은 미역이 더 맛나거든."

모녀는 걸음을 재촉했다. 무화과나무와 자작나무가 흐느적거리는 거리를 열 번도 넘게 오가는 중이다. 딸은 코르셋을 입은 것처럼 죄어오는 압박에 숨차 하면서도 '산기는 이보다 더한 고통이 반복적으로 일어날 때 시작'일 거라 생각하며 외려 괭이를 꺼내 잔디라도 뒤집어엎을 기세다.

나는 산기를 알아채지 못해 제때에 병원을 찾지 못했다. 해일처럼 밀려드는 통증을 여러 번 보내고 나서 뒤늦게 무통분만 주사를 맞았다. 주사를 맞으니 산통은 몸을 자극하지 않은 채 모니터 위에 수치로만 나타났고, 몸에서는 다른 욕구가 일었다. 변이 마려웠다. 또래의 담당 간호사에게 언제 분만실로 옮기냐고 물으니 아직은 때가 아니라고 했다. "변 볼 시간이 되냐"고 묻자, "그럼" 하고 방긋 웃었다. 변기에 앉았지만 나오지 않았다. 침대와 변기를 오가길 반복하는데, 뒤이어 들어온 수간호사가 어서 침대에 누우라더니 바퀴의 걸쇠를 풀고 외쳤다.

"분만실로!"

하마터면 변기에 애를 낳을 뻔했다. 상냥한 담당 간호사는 불빛 아래 누운 내게 용기를 주고 싶었는지 다가와 손을 잡았다. 나는 위로의 말이 듣고파 눈을 맞추며 말했다.

"저…, 첫 아이예요."

상기된 그녀도 호응했다.

"저도요!"

머리 뒤가 서늘했다.

수간호사가 힘을 주라 다그쳤다. 드라마에서 본대로 새된 비명을 질렀다. 수간호사는 다급히 "노, 노, 노"를 외치며 소리 내면 힘이 안 들어가니 똥 눌 때처럼 힘을 주라고 지시했다. 순간 멍해졌다. 34년 동안 헤아릴 수 없이 해온 일인데, 똥 눌 때처럼 힘주는 일을 어떻게 하는지 알 수가 없었다. 어떤 근육을 써야 하는가. 새로 익힌 라마즈 호흡이라면 능숙히 해내련만, 내 몸에 똥 눌 때 쓰던 근육이 있는지조차 미심쩍었다.

그 절박했던 순간에 떠오른 일화가 있다. 조선 후기 채제공 대감의 수염이 아주 멋있었다고 한다. 가슴 언저리까지 가지런히 드리워진 하얀 수염이 하도 보기 좋아 누군가 물었다.

"공께서는 주무실 때 수염을 이불 속에 넣고 주무십니까? 아니면 이불 밖에 꺼내놓고 주무십니까?"

대감은 답을 하지 못했다. 아무리 생각해도 수염을 이불 속에 넣고 자는지, 꺼내놓고 자는지 알 수가 없었기 때문이다. 그날 해가 저물어 잠자리에 든 대감은 수염을 이불 속에 넣었다 뺐다 하다 그만 밤을 하얗게 지새우고 말았다고 한다.

분만실에서 떠오른 체제공 대감의 일화는, 2014년 한 일간지에 〈문명, 그 길을 묻다〉를 연재하던 중에 어렴풋한 해답으로 다시 돌아왔다. 당시 나는 우리 문명의 현재를 드러내고자 세계의 지성 열한 명과 대담을 이어가고 있었다. 자원의 한계, 지정학적 갈등과 군사력의 차이, 신자유주의의 민낯, 식량의 위기와 농업의 대안 등 여러 이슈 속에서 교차해 드러나는 자본과 군사력이 발호하는 지형을 밝히고자 했다. 이 힘에 얽혀 버둥대는 지역 정치의 한계를 개인의 각성과 선택으로 돌파할 수 있기를 바라며 힘을 싣고 싶었다. "개인의 힘은 있다!"는 메시지를 지성의 육성으로 전하고자 때론 은유적으로, 때론 직설적으로 묻고 또 물었다. 아마도 떨치지 못한 의구심이 있었기 때문일 테다. 잔멸치 한 되 사면 꼭 섞여 있는 잔새우처럼, 세계화된 자본이 지배하는 세상에서 개인이 할 수 있는 일은 얼만큼인지, 내 안의 의구심을 모두 솎아낼 수는 없었다.

영국 리즈에서 지그문트 바우만을 만나고 스위스 제네바로 이동해 장 지글러를 인터뷰하기 전날이었다. 캄보디아에 있는 에이치앤엠H&M 공장이 현지 노동자들의 시간당 최저임금을 올렸다는 보도를 읽었다. 여성과 아이들의 값싼 노동력을 이용하면서도 더 싼 곳을 찾아 세계 일류 브랜드들은 캄보디아 프놈펜의 공장으로 몰려들었다. 캄보디아의 노동조건은 알려진 대로 매우 열악하고 돈 몇 푼에 벌벌 떠는 자본가들이 진을 치고 있다. 그런데 유독 스웨덴의 자본가만 그렇지 않다는 말인가?

에이치앤엠 노동자들의 임금을 올린 주역은 자본가가 아니라 스웨덴 국민이었다. 코펜하겐에서 시민들의 대규모 시위가 이어졌다고 한다. 캄보디아 노동자를 착취해 만든 옷을 스웨덴 노동자가 입을 수 없다며 노동조건 개선을 요구했다. 그러자 지구 반대편의 정치와 문화가 출렁였다. 그렇다, 우리는 소비자이자

유권자다. 우리 각자의 사려 깊은 선택이야말로 세계 최고 권력의 이윤에도 관여할 수 있는 기본 단위라는 것이 분명했다. 새로울 것 없는 자각이지만, 전보다 더 깊게 뇌리에 새겨지는 경험은 '깨우침'이라고 하기에 충분했다.

채제공 대감이 수염을 이불 속에 넣고 자는지 빼고 자는지 아리송했듯, 내가 그렇게 자주 누던 똥이 대체 어떤 근육의 운동으로 나왔는지 알아차리지 못했다는 자각은 일상에서 무심결에 지나쳐온 무수한 시간을 불러냈다. '사려 깊게 선택하도록 깨어 있자'고 말과 글로 드러냈지만 정작 깨어 있던 시간은 책상 앞에서만이지 않았나 싶다.

그제야 내 주위를 맴도는 아이들에게 얼마나 자주 웃어주는지 챙겨보았다. 본능적으로 사랑을 쏟고 함박웃음을 지었겠지만, 더 많은 시간 동안 짜증을 흘리고 다녔을 것이다. 세상에 조금이나마 의미를 더할 수 있으리라 기대하며 석학을 찾아가 묻고, 애써 일을 만들고 글을 썼지만, 일상에서 만나는 이들에게 온전히 집중하지 않고 귀 기울이지 않으면 아무것도 아니다. 모두 잠든 밤에도 일하던 일상을 멈춘 것도 그즈음이었다.

우리 집에 있던 휴전선

. . .

인천공항을 떠나며 어머니에게 5월에 오겠다고 말했다. 기약 없는 이별은 등이 저리듯 아프기에 일을 만들어서라도 오겠다고 다짐했다. 고향과 연결이 아득해질수록 타국의 일상은 덜컹거리고, 한 줌 달빛에도 울적해진다. 15년 전 이민자가 되면서 의식 밑바닥에서부터 공허감이 생겨났다. 그리고 아버지의 오랜 쓸쓸함을 헤아릴 수 있게 되었다.

황해도 사리원이 고향인 아버지는 한국전쟁 직전 홀로 월남했다. 아버지의 환갑날, 열아홉 살이던 나는 처음으로 아버지가 부르는 노래를 들었다. 〈몽금포 타령〉이었다. 음악 시간에 황해도 민요라고 배웠던 그 노래가 실제 아버지의 청년 시절을 장식한 가락인 것을 그제야 알았다. 금강산 관광길이 열리던 날,

텔레비전을 보던 아버지 볼에 흐르는 눈물을 처음 보았지만 짐 짓 모른 척했다. 아버지는 언제나 말을 아끼는 편이었고, 내가 대화가 될 만큼 자랐을 때도 화제는 학교생활과 오빠에게 잘하라는 타이름, 이런저런 염려뿐이었다. 아버지에게서 자식 걱정을 제외하고 자신의 어린 시절과 고향에 대한 그리움을 찾아내기란 쉽지 않았다. 전쟁 전후의 참혹함은 아버지 세대의 후렴구와도 같던 시절이었기에 더욱 그러했다.

아홉 살 때였다. 아마도 박정희 대통령 서거 직후였던 것 같다. 아버지는 오빠와 나를 앉혀놓고 만약에 북한군이 내려와 너희 아버지 뭐 하냐고 물으면 공장 노동자라 대답하라고 일렀다. 혹시 모를 전쟁을 대비해 우리 남매의 입단속을 한 것이다.

공무원이었던 아버지는 이태 전 엄마와 오빠와 나를 서울의 외갓집 옆으로 올려보내고 토요일마다 고속버스를 타고 와서 저녁을 함께했다. 일요일 아침, 물통을 챙겨 뒷산에 오를 때면 중턱부터 힘들다고 징징대는 나를 업었다. 다 큰 애를 업는다고 창피해하는 중학생 아들을 위해 누가 볼세라 업은 채 산길을 뛰었다. 오후가 되면 연탄불을 갈고, 온 방을 걸레로 훔친 다음 집을 나섰다. 그리고 월요일에는 우리한테 편지를 썼다. 내용은 늘 같았다. 걱정과 염려와 당부였다.

이듬해 나는 땅굴 속에 양손을 넣어 두더지를 잡는 반공포스터를 그렸다. 튼튼한 팔 근육에 명암을 넣어 '북괴'보다 국군의 힘이 월등하다는 것을 과장되게 표현했다. "지금도 노리고 있다"는 표어를 더해 우수상을 받았다. 그때 우리가 소원하는 통일은 북괴를 무찔러 쟁취하는 승전이었다.

아버지는 2004년에 돌아가셨다. 자동응답기에 녹음된 부고를 듣고 태평양을 건너는 길에 헤아려보았다. 형제 중 막내인 아버지가 부모님의 생존 여부를 확인하지 못한 채 돌아가셨으리라 짐작하고 제사를 지낸 지 30년 되고, 업어달라 매달리던 조카에게 등을 내주지 않고 곧 올 것처럼 집을 나선 것을 후회한 지 55년 되는 해였다. 아버지의 부고를 듣고 바로 올라탄 비행기에서 바라본 한반도는 희뿌옜다. 아버지의 곰삭은 그리움이 봄눈으로 내려 산천 경계를 지우나 보다 여겼다. '철망에 가로막힐 몸을 벗고 이제는 고향길에 오르셨을 거야. 한달음에 가셨겠지.'

생전의 아버지에게 왜 떠나왔는지 묻지 않았다. 할아버지가 동학에 참여하셨다는 이야기를 얼핏 들었고, 빠듯하게 사셨겠구나 짐작했다. 어머니의 드라마틱한 탈출 스토리에 홀려 아버지 사정은 지나쳤던 것 같기도 했다.

내로라하는 자본가였던 외할아버지는 지폐를 가득 담은 책가방을 아홉 살 어머니에게 메게 하고, 북어 뱃속을 돈다발과 금으로 채워 장사꾼인 것처럼 꾸며 월남했다. 배를 타고 강을 건너던 밤, 졸음을 이기지 못한 어머니는 품에 안았던 책가방을 놓치고 말았다. 눈앞에서 떠내려가는데도 아무도 건지려 하지 않던 숨죽인 시간이었다 했다.

스물한 살 청년의 남한행에 얼마나 진한 순정이 담겨 있었을지 가늠해보지 않았다. 아버지의 청춘이 큰 가치를 향해 뜨거웠었다는 걸 사무치게 깨달았던 순간은 아버지가 세상을 떠난 지 10년이 흐른 겨울, 보스턴에서 놈 촘스키와 마주한 자리였다.

"제2차 세계대전이 끝난 후 한반도의 젊은이들은 달랐어요. 하나 되어 살아가자는 열망이 절절했죠. 그때 통일의 꿈은 아주 뜨겁게 살아 있었습니다. 저는 한국 사람들이 그 열망을 살려내 남북한 모두 높은 인간적인 가치에 도달하기를 바랍니다."

그때 촘스키는 북태평양 지역의 지정학적 분석과 대안을 제시했지만, 내 가슴을 울린 말은 '해방 후 한반도 젊은이들의 열망'이었다. 그의 증언을 기사로 쓰던 밤, 오래전 일이 떠올랐고, 돌아가신 아버지 생각에 끝내 어깨를 들썩이고 말았다.

대학교 3학년 때였다. 마루에 걸터앉아 신발 끈을 매느라 가지고 있던 책을 잠시 내려놓았다. 제목을 본 아버지가 담담히 말을 건넸다. 당신도 예전에 읽었다고. 《소련공산당사》였다. 농업학교 동창생들과 남쪽을 택해 내려올 수밖에 없었고, 존경하던 김구 선생에게 서운함이 있었다고 했다. 아버지는 당신이 가졌던 통일과 조국에 대한 바람도 넌지시 비치셨다. 처음 듣는 아버지의 속내였지만, 한국전쟁 이야기가 나오기 전에 나는 지레 현관문을 나섰다.

아버지에게 통일은 무엇이었을까. 사무치는 그리움이자 적을 쓰러트려야 안도할 수 있는 평화였을까. 전쟁 트라우마 속에서 열의를 다해 보수 세력을 두둔한 것도 함께 살기 위한 자기희생이었을 것이다. 지극히 청렴하고 이악스럽지 못했던 아버지가 지난해 보수 세력이 부패로 자멸하는 모습을 보았다면 무어라 하셨을까.

아버지는 햇볕정책을 지지했다. 김대중 대통령과 김정일 위원장이 만나는 장면을 보면서 김정일 위원장을 '잘 교육받은 귀족의 자손'이라고 뼈 있는 평가를 했고, 북한 정부를 인정했다. 아버지가 지지하는 정치 세력은 종북 프레임으로 퇴화했지만, 아버지의 통일은 전쟁 트라우마를 거두는 평화로 향했다. 그리고 남과 북의 평화 행보가 무르익던 무렵 아버지의 의식은 현실을 떠나기 시작했다. 금강산을 다녀오며 행복한 꿈을 꾸던 때 멈춘 걸 다행이라 여겨야 할까. 10년 더 맑은 정신으로 사셨다면, '통일로도 전쟁으로도 흔들지 말아달라'는 오늘날 청년 세대의 고단한 현실에 좌절했을지도 모른다.

우리 집 또 한 명의 실향민인 어머니도 고향에서 쫓겨났다는 트라우마 속에서 또 하나의 휴전선을 품고 있었다. 신경질적으로 예민하게 드러나던 어머니의 레드 콤플렉스는 1994년 내가 꿈에 그리던 첫 배낭여행지를 베트남으로 정했을 때, 딸의 책과 옷가지를 마당에 내동댕이치면서 정점을 찍었다. 어머니에게 당시의 베트남은 북한과 다름없는 공산국가였다.

하지만 이명박 시장이 서울시를 하느님께 봉헌한 날, 어머니의 레드 콤플렉스도 힘을 잃기 시작했다. 하나의 연결 고리가 틀어지자 지역 갈등도, 최저임금 보장도, 학생인권조례도, 환경 보호도, 먹거리 안전도 모두 종북으로 몰아세우던 프레임에서 빠져나왔다. 이제 어머니는, 통일은 북의 궤멸이 아니라 남과 북이 공존하는 평화라고 여긴다. 어머니의 단 하나 남은 염원은 고향 방문이다. 우리 집 소원은 통일이 아닌 '통행'으로 바뀌었다.

판문점이 열리고 북으로 향하는 길이 허락되었을 때 우리 집에서 고향길에 나설 분은 어머니뿐이다. 함흥 영생여고 졸업생이라는 것이 평생의 자부심이었던 작은 이모할머니께서 지난 겨울 아흔으로 세상을 떠나셨고, 손녀딸들에게 '간나' 소리를 정감있게 하던 큰 이모할머니와 북녘에 있는 딸에게 주겠다며 패물과 옷을 장만해 놓던 그분의 시누이도 저세상으로 떠난 지 오래다. 어머니는 평창 동계올림픽 때부터 설레었다. 그제 수화기 너머로 어머니의 고향집 이야기를 들었다. 아홉 살 소녀가 자기 집 마당으로 뛰어 들어가듯 아주 자세히 묘사했다.

"원산 광석동 도립병원 뒷산 아랫집이야. 대문을 열고 야트막한 언덕 위로 계단을 올라가면 평지가 나오고, 길이 구불구불

휘어지면서 다시 계단이 몇 개 또 있어. 거길 올라가면 양옥집이 나오지. 꽃이 가득했고 풀밭 뒤로 나무가 숲처럼 많았단다. 단층집인데 반지하가 있고 거기 조그만 부엌도 있는데 부엌 창으로 보면 국민학교가 보였어. 내가 거길 좀 다녔던 거 같아. 많이 빠졌는지, 유치원 기억만 있네. 네 외삼촌이랑 오토바이 옆에 바퀴 달린 차를 타고 안변 해수욕장에 자주 갔지. 세일러복 입고 모자도 쓰고. 바람이 참 좋았어."

어머니가 고향 땅을 밟고 속시원하게 눈물 뽑는 날을 보고 싶다. 한번은 후련하게 울고 가는 어른이 있어야 먼저 간 넋들도 덜 서럽지 않을까.

안전의 조건

.

.

.

　유치원 마당에 들어서자 가득한 솔향과 함께 아이들이 쏟아져 나왔다. 나를 에워싸며 앞다퉈 고자질한다.

　"재선이가 마크의 머리를 물었어요!"

　심장이 졸아들었고 엄마들의 시선이 따갑게 느껴졌다. 다행히 제 엄마 품에 안긴 마크는 멀쩡했다. 재선이는 선생님의 치마폭에 웅크리고 있었다. 유일한 동양인 아이인 아들을, 유일한 동양인 엄마인 내가 어떻게 데리고 나와야 아이의 내일과 그다음 날들이 안녕할지 가늠이 되지 않았다. 아들의 손을 잡기 전에 마크를 살폈고 마크 엄마에게 사과했다.

　대여섯 살부터 아이들은 언어로 소통한다. 서너 살 된 미국 아이에게 타국의 언어로 묻거나 요청하면 얼추 그에 맞는 반응을 보이는데, 다섯 살이 되면 무슨 말이냐고 되묻는다. 마음으로 읽던 감각이 언어로 닫혀가는(감각이 열려 있을 때 마음은 언어에 덜 걸리며 상대와 소통한다) 시기, 다섯 살 아들은 홀로 이방의 언어를 삼키며 무리에 끼었다 빠졌다 하면서 공상의 나래를 폈다. 엄마의 언어에서 벗어나 사는 땅의 언어로 들어가는 혼란의 시간을 겪던 바로 그때, 아들은 다수인 여섯 살 무리에 속해 있던 마크의 머리를 문 것이다.

며칠 뒤, 선생님이 내게 말을 건넸다.

"미국에서 한국인으로 자랄 아이인데, 그만한 배짱은 있어야지. 난 좋아!"

우리 동네 최고의 발도르프 교사로 손꼽히는 그녀의 말을 듣고서야 나는 소리 내어 웃을 수 있었다. 그녀가 물었다. 그즈음 집에서 무슨 일이 있었냐고. 그날 아들이 잔뜩 화가 나 있었다고 했다. 전날 밤, 나는 남편과 사나운 싸움을 치렀다. 나는 남편을 가해자로 몰아붙였다. 아이의 마음도 다쳤나 보다. 아니, 우리 모두 다쳤다.

일주일이 흐르고 유치원의 나무 울타리 문을 열자 아이들이 달려온다.

"재선이가 테이블에서 떨어졌어요. 마크가 밀었어요!"

내 아이가 밀지 않았다는 것에 안도했다. 일찍 온 엄마들까지 모두 목격자가 되어 있었다. 그이들 사이에서 아들이 달려 나왔다. 팔 벌려 아이를 안았다. 아들의 등 뒤로 엄마들의 안도와 염려의 시선이 한동안 머물렀다. 그 일을 계기로 나는 마크 엄마 블루와 친구가 되었다.

블루는 처음 봤을 때부터 이방인인 내게 살가웠다. 둘째를 임신한 미샤 엄마가 해산할 때가 되자 그를 위해 미국 선주민의 전통을 가미한 베이비 샤워를 열어주었다. 금속 새 장식이 붙어 있는 블루의 초청장에는 참석자에게 예쁜 구슬을 하나씩 가져오라는 부탁이 적혀 있었다.

토요일 오후 2시, 평소와 달리 근사하게 차려입은 열두 명의 여인이 모였다. 각자의 해산 경험을 이야기하며 준비한 구슬을 내놓았다. 한 명 한 명 미샤 엄마의 행운을 기원할 때마다 블루의 손에 들린 끈에 색색의 구슬이 꿰어졌다.

블루의 베이비 샤워는 신령한 숲속 옹달샘에서 치르는 의식과도 같았다. 측백나무 향이 은은한 촛불이 일렁였고, 진초록 펠트 매트 위엔 따뜻한 물을 담은 유리 대야가 놓였다. 블루는 대야에 꽃잎을 띄우고 아로마 오일을 풀고는 미샤 엄마의 발을 씻겼다. 나는 로렌 엄마와 함께 미샤 엄마의 어깨와 팔을 마사지했다. 우리의 손끝에 힘이 실릴 때마다 그녀의 살갗에 새겨진 장미 송이들이 흔들렸다. 파티가 끝날 무렵 블루는 '음식 배달 지원서'를 돌렸다. 산모와 가족을 위한 요리를 만들어 문 앞에 놓고 가는 일정표로 산모와 가족들이 새로 태어난 아이와 시간을 더 갖도록 하는 발도르프 학부모들의 문화다.

캘리포니아의 여름이 비 한 방울 없이 바싹바싹 깊어지면, 유치원 마당에선 물비누 놀이가 시작된다. 그리고 여섯 살 아이들은 9월에 시작될 초등학교 과정에 속한 유치원으로 떠날 채비를 한다. 마크는 산자락에 있는 발도르프 초등학교에 있는 유치원으로 진학했다.

그해 10월에 나는 블루를 다시 만났다. 넉 달 만인데도 사뭇 달라 보였다. 세 아들과 뒷마당에서 물놀이를 하다 나왔다며 비키니 차림으로 환하게 웃는 블루의 얼굴이 청량했다. 마른 옷으로 갈아입는 동안 화가인 블루의 그림을 감상했다. 탱크톱을 입은 젊은 여인이 머리에 양동이를 뒤집어쓰고 통곡하는 모습을 그린 수채화였다. 얼굴과 목은 양동이에 가려져 있었지만, 탱크톱 밖으로 드러난 여인의 살과 근육에서 거친 울음소리가 들렸다.

당시 나는 발도르프 교육에 관한 글을 준비하고 있었다. 블루가 발도르프 교육을 선택한 사정을 인터뷰하고 싶었고, 블루는 나를 집으로 초대했다. 2시간 넘게 그녀의 말에 귀 기울였는데, 정작 나를 사로잡은 건 블루가 해마다 떠나는 가을 캠핑에 얽힌 사연이었다.

블루는 열여덟 살 고등학생 여인의 몸에서 잉태되어 세상으로 나왔다. 그리고 하루 만에 입양되었다. 양부모의 지극한 사랑을 받으며 자랐고 경제적으로도 아쉬움이 없었다. 블루는 대학과 대학원에서 미술을 전공하고 유럽으로 활동 범위를 넓혔다. 지금도 양부모는 블루 가까이에 살며 세 아이를 키우는 데 도움을 준다. 블루는 유럽에서 돌아오면서 생모를 만나겠다고 결심했다. 연락을 받은 지는 꽤 되었지만 선뜻 만남을 수락하지 못했었다.

새 천 년의 열기로 세상이 들떠 있던 해, 블루는 자신을 낳아준 엄마와 엄마의 또 다른 딸인 여동생과 함께 캠핑을 떠났다. 들판에서 별을 헤아리며 서른 해 가까운 시간을 넘나들었다. 어린 엄마가 사랑했던 남자는 블루를 뱃속에 품고 있을 때 떠났고, 엄마의 부모는 갓 태어난 아기를 입양 보냈다. 어린 엄마는 1년 반 뒤 다시 딸을 임신했다. 그 남자도 떠났다. 그렇지만 이번에는 딸의 곁을 지켰다. 대학생 엄마였지만 강단 있게 키워냈다. 스물아홉 살 블루와 스물일곱 살 동생, 그리고 마흔여덟 살 엄마는 비슷한 모습으로 다시 만났다. 해마다 가을이면 셋은 그렇게 캠핑을 한다. 은하수가 자궁처럼 감싸고 흐르는 시간 속에서 막연했던 서러움은 애달픔과 사랑과 갈등이 뒤섞이는 일상의 정으로 잦아들었다. 블루가 나와 눈을 맞추며 말했다.

"I'm Blue, but I'm not blue."

내 이름은 블루지만 나는 우울하지 않다고. 블루에게 아빠는 찾아봤냐고 물으니 명랑하게 되묻는다.

"누구? 정자 기증자?"

요즘 열두 살인 딸아이가 울적하다. 같은 반 친구인 사바나 때문이다. 사바나가 울먹이며 말하길, 생모가 한 달 전에 아기를 낳았는데, 동생을 만나고 싶다는 사바나의 요청을 거절했다는 것이다. 사바나는 두 돌 되었을 때, 갓 태어난 여동생과 함께 입양되었다. 생모는 스무 살이었고 생부가 마약으로 감옥에 수감되면서 내린 결정이었다. 생모는 딸들이 열여덟 살이 될 때까지 만나지 않겠다고 선언했다. 사바나의 외할머니가 가끔씩 찾아와 함께 시간을 보낸다고 했다. 사바나가 자신의 입양 사실을 안 것은 아홉 살 때였다. 사바나는 슬펐다고 했다. 진짜 엄마 아빠인 줄 알았는데 그렇지 않다는 사실에 너무나 놀랐다고. 물론 지금 엄마 아빠도 진짜라고.

딸이 내게 물었다.

"사바나는 사랑하고 사랑받는 엄마 아빠가 있는데, 왜 한 번도 못 본 엄마 아빠를 걱정하지?"

자신을 낳아준 누군가가 있다는 사실만으로도 마음이 쓰이는 건 어쩔 수 없지 않겠냐고, 질문 같은 답을 해주었다.

아이와 달리 나의 의문은 무엇이 사바나에게 '진짜'라는 부사를 쓰게 했는가로 이어졌다. 남자와 여자의 결합과 혈연으로 맺어진 '정상 가족' 신화로 가득 찬 이야기들과 책에서 세상의 통념을 의식했기 때문일까. 어떻게 하면 사바나가 문득문득 느끼는 상실감을 채워줄 수 있을까. 다행히 아이들의 학교와 이웃은 입양 가족을 별스럽게 생각하지 않는다. 이곳에서 만난 나의 한국인 친구도 입양 사실을 자연스레 드러냈다. 내가 서울에서 자라는 동안 주위에 입양된 친구가 없었던 것은, 어쩌면 그것을 밝히지 않았기 때문일지도 모른다. 나는 사바나의 입양 사실을 알고 황급히 나의 언행을 돌아보았다. 사바나 자매와 자매의 오빠를 보며, 어쩌면 저 아이들의 부모는 각자의 아이를 데리고 재혼했을지도 모른다고 생각했기 때문이다.

얼마 전 한글학교에서 엄마들과 담소를 나눌 때였다. 서울에 다녀온 한 엄마가 지하철에서 겪은 일이라며 우리 서로 말조심하자고 당부했다. 남매를 의자에 앉히고 부부가 앞에 서서 가는데, 옆에 앉은 아주머니가 남매에게 "너희는 너희끼리 닮았네. 엄마 아빠하고는 하나도 안 닮고"라고 말했다는 것이다. 그 엄마는 아이 둘을 입양한 친구 생각에 아찔했다고 했다.

문득 아홉 살 때 일이 떠올랐다. 부모님과 함께 절에 갔다가 부모님은 먼저 떠나시고 오빠와 함께 한나절 더 절에 머물다 스님께서 태워주는 시외버스를 탔을 때였다. 차창 밖에서 손 흔드는 스님을 보며 앞에 앉은 할머니가 몸을 돌려 속삭였다.

"너희 아빠니?"

우리 아빠는 지금 회사에 있다고 멀뚱히 말했지만, 나는 할머니의 '색안경'을 알아차렸다.

마당의 소리들

·
·
·

아침 8시 30분. 오렌지 나무에 해가 걸렸다. 마당의 그네에 나무 그림자가 앉고 나도 거기에 등을 기댄다. 새들이 지저귄다. 내가 무슬림이라면 기도 알림으로 여겨 고개를 숙였을 것이다. 1년 전 인도 데라둔에서 들었던 코란을 염송念誦하는 소리를 떠올리면 지금도 마음이 고요해진다. 범종 소리가 산을 넘듯 들과 숲 사이로 '신의 말씀'이 스며들었다.

전봇대 위로 치솟은 가문비나무에서도 멧새들이 합창하고 이에 질세라 어치가 쩌렁하게 밀어붙였다. 새 소리 배틀에 열기를 더하듯 낮게 자글거리는 소리가 밀려든다. 저 너머에 바다가 있다고 말하듯, 찻주전자에 물이 파도 소리처럼 끓는다. 한곳에 마음을 집중하다 보면 모든 소리가 증폭된다. 있어도 알아차리지 못했던 현재가 소리로 드러나며, 곧이어 공간의 실체가 나타난다. 저 멀리 왓 에비뉴 대로를 달리는 자동차 소리.

강 옆에 있는 동네라 가을에는 철새들이 시옷 모양으로 창공을 가르고 봄이 오기 전 다시 긴 대열로 물러간다. 그래도 여름날 강가를 걷다 보면 새끼와 함께 유영하는 청둥오리를 만난다. 찻 주전자 같은 엉덩이를 드러내며 어미는 자맥질한다. 텃새가 된 무리다. 대열에서 이탈하고도 안녕한 그들을 볼 때마다, 안녕을 찾아 바다를 건너고 산맥을 넘는 현대인들의 유랑이 고달프게 다가온다.

남쪽에서 쏴아 소리가 났다. 와이어 브러시로 드럼을 문지르듯 잘게 부서진다. 바람이 뻣뻣한 월계수 잎을 헤집나 기웃거리다 석 달 전 이사 온 이웃이 출근하는 소리라는 것을 알았다. 바깥 거동조차 힘든 나이가 되고도 홀로 살던 여인이, 주택시장이 살아나기를 기다렸다가 집을 팔고 미용실과 의료진이 있는 돌봄 시설로 떠났다. 그리고 중년 부부가 이사 왔다. 부부의 차 시동 소리가 우리 집 마당으로 들어온 것이다. 차례를 지키듯 서쪽 담을 나누어 쓰는 이층집 주인 로버트의 자동차도 뒤이어 출발한다. 그도 새 이웃이다.

10년 전 우리 식구가 이사 왔을 때, 이 골목 최고 연장자인 월터 할아버지는 여든여섯이었고, 저 이층집의 주인이었다. 월터 할아버지는 작고한 아내 글로리아를 못 잊어, 아내가 앞마당에 심어놓은 주황색 장미 글로리아 주위로 흙을 돋우고 벽돌을 쌓아 특별한 공간으로 만들었다. 아내 글로리아의 생일에는 꽃다발을 놓아두었다. 장미 나무 앞에 놓인 장미 꽃다발은 봄의 끝자락을 알리는 골목의 달력이었다. 월터 할아버지는 작년에 아흔다섯의 나이로 세상을 떠났다. 그곳에 50대 백인 게이 커플 로버트와 제임스가 들어왔다. 그들은 이물감 없이 이웃으로 어우러졌다. 우리 동네가 동성애자에게 관대하다는 것을 확인했다. 유색 인종한테도 관대한지는 모르겠지만 우리 같은 아시아인은 안전하다. 인근 100미터 반경에 유색인이라고는 우리 가족과 30년 거주한 중국인 가족만 있다.

시카고 교외 부유한 백인 거주지에서 일어난 일이 떠오른다. 백인 레즈비언 커플이 인공수정으로 쌍둥이를 출산했다. 기뻐하던 두 엄마는 곧 곤경에 빠지고 만다. 아기들이 흑인이었고 병원의 실수였다. 병원에 피해보상을 청구했다길래 처음에는 흑인 아기를 거부하는 백인 엄마들의 비정인 줄 알았는데 사정은 달랐다.

시카고는 흑인과 백인의 거주지가 구분될 만큼 인종 갈등의 골이 깊다. 그 부부가 쌍둥이를 키우려면 유색인에게 관대한 지역으로 이사 가야 하고, 그 지역에서 원하는 교육을 하려면 학비가 비싼 사립학교에 보내야 하기에 소송을 불사했다고 한다. 그들이 거주하는 백인 동네는 동성애에는 관대하지만 흑인에게는 거부감이 있다는 것이다. 물론 내가 사는 이곳은 캘리포니아다. 우리 골목의 이웃들만 해도 서로 다르다는 것을 인정하는 데 익숙하지만 2016년 11월 트럼프 당선을 축하하며 골목 어귀에 나와 샴페인을 나누는 모습에는 당혹스러웠다. 트럼프가 대통령이 되고, 혐오가 물리적 공격으로 이어지는 시절이기에 이제는 '내 이웃은 선하다'고 말할 자신이 없어졌다.

해가 오렌지 나무를 벗어났다. 동쪽 담으로 네댓 살 아이들의 칭얼거리는 소리와 깔깔거리는 소리가 넘어왔다. 오랫동안 비어 있던 그 집에 아이들 소리가 다시 들린 건 1년 전이다. 우리는 아장아장 걷는 두 아이를 데리고 2008년에 이사 왔다. 월가는 붕괴했고 이 동네 집값도 폭락했기에, 대출받아 이사 올 수 있었다. 그러나 얼마 지나지 않아 동쪽 담을 넘어 들려오던 초등학생 아이들이 뛰노는 소리가 사라졌다. 폭락하는 부동산 경기에 덤핑으로 집을 내놔도 팔리지 않아, 밀린 대출금을 갚지 못해 쫓겨나는 가족이 속출하던 때다. 집을 지킬 수 있는 이들은 직장이 있거나 대출을 다 갚은 노년 세대뿐이었다.

종다리가 지저귄다. 스르렁스르렁 삽 끄는 소리가 들린다. 뒷집에 사는 멜이 마당을 정리하러 나오나 보다. 아흔넷이 된 멜은 전보다 조금 천천히 움직일 뿐 여전히 하루 서너 시간 마당

을 손질한다. 멜은 이곳이 택지로 개발되던 1962년에 이사 왔
다. 호두나무 과수원이었던 곳이 주택으로 바뀌면서 오랫동안
꽃과 새가 없었다고 한다. 동네 사람들이 새 모이를 나무에 매
달거나 울타리에 옥수수를 놓고 몇 해를 기다려도 새가 오지 않
았다고 한다. 나무가 우거져야 새도 지저귈 수 있나 보다. 새가
뭐라고 그렇게 정성을 쏟나 여길 수 있지만, 새의 노래는 거기
생명 있음을, 소리 듣는 내가 생명임을 알려준다.

"두두두두…."

온갖 상념을 단박에 날려버리는 진격의 모터 소리. 로버트
네 집에서 오늘은 화요일이라고 쐐기를 박는다. 전에 살던 동네
에서는 주말이면 온 동네가 통째로 발사될 듯 모터 소리가 들끓
었다. 집 크기도 고만고만했고, 마당도 작은 동네라 다들 손수
잔디를 깎았다. 앞마당이 초록 양탄자처럼 매끈히 덮여 있는 집
은 별일 없이 지내는 집이다. 여기저기 잔디가 말라 누렇게 구멍
이 생긴 마당은 고단하거나 심드렁한 주인의 심사를 전한다.

여기는 잔디 깎는 소리가 월요일부터 금요일까지 요일에 맞
춰 다르게 들린다. 이방의 언어도 넘어온다. 대부분 정원사를 고
용하는데, 중남미 이민자들이 많다. 10여 년 전부터 조경 공사
와 정원 관리는 그들만의 레드오션이 되었다. 갓 정착한 이민자
들도 기술을 숙련하고 언어를 익히면 바로 독립할 수 있어서 정
원 관리비는 덤핑 경쟁 중이다. 우리 집도 이사 온 그 해부터 전

문가의 힘을 빌렸다. 남편이 경사진 앞마당 잔디를 깎고 난 다음, 힘든 건 둘째 치더라도 삐뚤배뚤한 모양이 부끄러워 더는 못 깎겠다며 나자빠졌기 때문이다. 때마침 마당 공사할 때 유독 성실했던 그레고리오가 독립했다며 인사 왔길래, 그의 1호 손님이 되었다.

그레고리오에게 수표를 건네면, 두 달 후쯤 통장에서 빠져나갔다. 우편으로 멕시코에 보내면 그의 아내가 찾는 것 같았다. 그로부터 6년이 지났을 때 그레고리오는 열세 살 아들과 아내를 데리고 왔다. 그날부터 그레고리오의 얼굴은 웃음으로 주름졌고 뱃살도 점점 더 풍성해져 갔다. 지금은 아내와 고등학생이 된 아들이 방과 후에 잔디를 깎는다. 아들은 능숙한 영어로 아버지의 입과 귀 노릇을 하고, 솜씨 좋은 그레고리오는 조명 공사와 제법 큰 콘크리트 공사도 따내고 있다. 하지만 이도 잠시, 그들의 얼굴은 지난겨울부터 흙빛이다.

불법 체류 청소년의 추방을 2년간 유예하는 프로그램인 DACA를 트럼프가 폐지했기 때문이다. 그레고리오의 아들이 만약 느닷없는 검문에 걸리기라도 하면 추방될 수 있다. 지난달 몬태나주에서는 스페인어로 이야기하던 두 여인이 검문을 받았다. 시민권자라고 말했는데도 신분 확인을 하느라 40분 넘게 붙들려 있었다고 한다. 만약 이들이 불법체류자였다면 추방당했을 것이며, 그 여인들의 가족은 순식간에 엄마나 딸을 잃었을 것이다.

북미자유무역협정이 맺어질 때, 미국은 경쟁력을 잃은 멕시코 농민의 삶이 파탄 날 것을 예견했고, 풋말만 있었지 무시로 드나들던 국경에 검문소를 세워 몰려올 그들에 대비했다. 클린턴 행정부가 시행한 정책이다. 온두라스, 엘살바도르 등지에서 갱단의 납치를 피해 목숨을 걸고 대륙을 거슬러 올라가 도망쳐 오는 아이들 뒤에도 미국과 결탁한 마약 거래가 있었다.

세계화된 오늘, 자본의 진격일지라도 달러 뒤에는 미국의 군사력과 미국 의회의 자국 이익 우선 정치가 있다. 매정한 정부가 들어서면 잔인한 마음들이 활성화된다. 거리를 활보하는 혐오는 불안을 부추기고 트럼프의 반이민 정책으로 우울감에 빠진 미국의 대중은 태평양 너머 한반도의 평화를 갈구하는 절박함을 그저 반길 수만은 없는 심정이다.

새의 지저귐에 생명이 있듯 도시를 메우는 소음에도 생명이 있다. 삶을 지탱해주는 밥 짓기가 바로 그 소음 속에서 이어진다. 벌새가 오렌지꽃 주둥이를 헤집는다. 날갯짓 소리도 함께 머문다.

그들의 안전

·

·

·

10년 전, 미술관 주차장에서 우연히 몰리나를 만났을 때 그녀의 바뀐 헤어스타일에 반해버렸다. 아주 짧은 커트 머리였다. 90년대 영국의 모던 록 밴드 크랜베리스의 보컬 돌로레스 오리어던한테 마음을 뺏긴 뒤부터 선망하던 헤어스타일이었다. 몰리나에게 물었다.

"나도 당신처럼 머리카락을 자르면 어떨까?"

몰리나는 핸드백에서 포스트잇을 꺼내더니 전화번호를 적기 시작했다. 주저 없는 행동에 당황했고, 나의 어설픈 영어가 의미를 과하게 전달했나 의심했다.

그때까지 미국인이 운영하는 미용실은 가본 적이 없었다. 비싸다는 얘기에 엄두를 내지 못한 것도 있지만 한인 미용실도 충분히 솜씨가 좋았기 때문이다.

"그런데 내가 그 머리를 하면 수영모자 쓴 거 같지 않을까?"

몰리나는 검지손가락을 세워 가로저었고, 누가 자르냐에 달렸을 뿐이라며 헤어 디자이너의 전화번호를 적은 포스트잇을 나에게 건넸다. 헤어 디자이너의 이름은 앤디였다. 몰리나는 자기가 소개했다고 말하면 약속 잡는 데 더 수월할 거라고 덧붙였다. 차마 가격은 묻지 못했다.

영어 통화 울렁증을 달래며 앤디에게 전화했다. 다행히 연결되지 않아 미리 준비한 말로 음성메시지를 남겼다. 다음 날, 앤디의 전화를 받았다. 마침 취소된 예약이 있으니 4주 뒤에 올 수 있냐고 묻는다. 그때가 아니면 두 달 뒤에나 가능하다는 말에 어떻게든 아이들 맡길 곳을 찾겠다고 다짐하며 약속을 잡았다.

앤디의 미용실은 작은 갤러리 같았다. 적당히 도발적인 현대 미술품이 벽과 바닥을 차지하고 있었고, 서너 개뿐인 단출한 가구는 팝 아티스트가 색을 입힌 듯 선명하고 발랄했다.

60센티미터였던 내 머리카락은 앤디의 손을 거쳐 5.6센티미터가 되었다. 1시간 반 동안 가위 하나로 쪼아댔다. 그는 내게 쉼 없이 말을 걸었다. 그러면서도 그의 손은 현란하게 움직였다. 나는 완전하게 '변신'했다. 아주 마음에 들었다. 머리카락을 잘랐을 뿐인데 내 안에 똬리 틀고 있던 '남들의 시선'을 비롯해 여러 가지가 잘려나간 것 같았다. 영어도 잘 못 하고, 돈도 잘 못 버는다는 무능감과 무엇보다 앞으로도 더 나아질 것 같지 않던 지적, 사회적 무력감에 사로잡혔던 마음까지. 두 달 뒤에 다시 오겠다고 약속하고 앤디의 미용실을 나왔다. 그 후 두 달이나 석 달에 한 번, 1시간 반씩, 수다로 채우는 우리의 파티는 7년 동안 이어졌다.

만남의 횟수가 늘수록 우리는 서로를 더 잘 알게 되었다. 그가 2년 전에 남자친구와 법적으로 결혼했다는 사실, 아이를 가질 수 없는 그들에게 감사하게도 8개월 된 아기 링컨이 왔다는 소식, 그리고 링컨의 생모가 또 아기를 갖게 되면 링컨의 동생도 함께 키울 수 있도록 기회를 달라고 당부했다는 것도. 링컨의 생모는 마약중독 상태였기 때문에 아기를 입양 보냈다. 그녀는 앤디와 그의 남편 다니엘을 신뢰했다.

우리는 이유식 레시피를 교환했고, 아이들이 자라는 시기에 맞춰 학교, 놀이 공간, 미술관 특별 이벤트 등에 대해 더 많은 정보를 나눴다. 그래픽 디자이너였던 다니엘은 링컨이 오자 사표를 내고 전업주부를 자청했다. 재택근무를 병행하다 2년 뒤 링컨의 동생을 입양한 다음부터는 육아에만 전념했다. 아이들의 학교에 열심히 자원봉사를 나갔으며, 방과 후에는 그 어떤 사커 맘들 못지않게 이리 뛰고 저리 뛰며 두 아들을 뒷바라지했다. 게다가 그들 부부는 아이들이 자연과 멀어지는 게 안타깝다며 시내에서 2시간 떨어진 산자락에 별장을 마련했다. 목요일 저녁부터 일요일까지 그 별장에서 지낸다.

크리스마스가 다가오던 어느 날, 앤디는 다니엘이 장식한 크리스마스트리 사진을 보여주었다. 꼬박 이틀 동안 사다리 타고 지붕에 올라가 전구를 달고, 동네 어귀 전나무 꼭대기에도 별장식을 달아 동네 사람들의 찬사를 받았다며 다니엘의 솜씨를 자랑했다. 그동안 그대는 무얼 했냐 물으니, 와인을 마시며 아이들을 돌봤다고, 당연하지 않냐고 웃었다. 내 눈빛에 담긴 의미를 알아차렸는지, "음식은 다 내가 해! 애들은 내가 한 밥만 먹는다구!"라며 목소리를 높였다. 여지없는 보통의 중년 커플이다. 그리고 그들의 근력은 여느 커플들보다 강하다.

영어가 어설펐던 시절, 우체국에 가면 유독 나에게 큰 목소리로 반응하는 직원이 있었다. 그녀가 목에 핏대를 세워가며 묻거나 설명하는 동안, 그 공간의 모든 사람이 내가 무얼 어디로 보내는지 다 알 것만 같았다. 마침내 나는 그 백인 직원에게 낮은 소리로 말할 수밖에 없었다.

"보세요, 조용히 말해도 알아들을 수 있답니다."

그즈음 앤디한테 물은 적이 있다. 나의 영어가 답답하지 않냐고. 앤디의 답은 의외였다.

"기죽지 마. 난 게이잖아."

앤디는 동성애자다. 백인 남성임에도 그는 자신의 성정체성을 받아들인 다음 30년 가까이 자기가 속한 사회에서 존재를 인정받고자 분투해야 했다. 처음 엄마에게 커밍아웃하기 전까지 무수한 밤을 마음 졸였고, 새 직장에서 새로운 관계로 진입할 때마다 자신의 성정체성을 먼저 소개하고 복잡한 시선들을 받아들이는 과정을 겪으며 성장했다. 동성 결혼이 합법화되고 나서야 10년을 함께한 파트너와 법적 부부임을 인정받았다. 그러나 다시 동성 결혼 금지 법안이 캘리포니아에서 통과되는 것을 봐야 했다(2013년 6월 28일 동성 결혼 금지 법안은 캘리포니아주 대법원에 의해 효력을 상실했다). 앤디는 성실했고 뛰어난 실력을 갖추고자 애써왔다. 이제 더 애쓰지 않고 있는 그대로 인정받으며 여유를 누려도 되련만, 지금도 여전히 분투하며 살아간다.

앤디가 이민자인 내게 편견 없이 대하며 소외감까지 보듬을 수 있었던 것은, 그 자신이 오랜 시간 소수자로 살았기 때문일 것이다. 미국에서 이민자와 여성이라는 이중의 소수자로 살면서 나의 감각과 태도, 마음은 사뭇 달라졌다. 게이인 앤디 부부夫夫에게, 네 쌍둥이 딸들을 키우는 레즈비언 브리짓드 부부婦婦에게, 그리고 트랜스젠더 여성인 에밀리에게 이전과는 다른 진한 연대감을 느끼게 되었다. 그들의 안전이 곧 나의 안전이라는, 소수자로서 동질의 위기와 안도를 공유하기 때문일 것이다.

소수자가 소수자의 안전을 염려하는 마음이, 나는 좋다. 아

이들의 학교를 관할하는 교육청이 신학기에 학생과 학부모에게
보내는 핸드북에는 이런 문구가 적혀 있다.

"본 교육위원회는 모든 개인에게 평등한 교육의 기회를 제
공한다. 모든 교육과정과 활동에서 불법적인 차별을 금지한다.
모든 개인은 성별, 인종, 피부색, 국적, 태어난 나라, 종교, 성적
지향, 젠더, 육체적 정신적 장애 때문에 차별받지 않는다."

문구로 된 규정은 언제든지 누군가의 요구에 따라 현실로
호출할 수 있다. 법의 힘이다. 한국 사회에 종교, 성별, 성적 지
향, 인종에 따른 차별을 금지하는 안전한 법이 구현되길 바란다.
모두 안전하면 나를 포함해 누구나 안전할 수 있기에.

너나 나나

．

．

．

만년설이 있다는 산으로 가고 있다. 마르고 마른 미 서부의 여름을 가르며 달리는 길 위에서 내 몸의 수분도 가물어지고 있다. 오가는 데만 일주일이 걸리는 길이다. 그리하여 나는 이번 주 〈글로벌 아빠 찾아 삼만리〉를 보지 못했다. 꼭 챙겨 보는 EBS 다큐멘터리인데, 다음 주에 몰아서 볼 생각을 하니 성에 차지 않는다. 마치 어마어마하게 맛있는 간장게장을 허겁지겁 입안에 밀어 넣어야 하는 상황이라고나 할까.

〈글로벌 아빠 찾아 삼만리〉의 주인공은 한국에서 일하는 외국인 노동자 아빠를 만나러 오는 아내와 아이들이다. 이 프로그램에서 내 눈길을 끄는 사람은 그리움을 달래며 일하는 아빠도, 남편이 보내온 돈을 고스란히 저축하며 생활비를 버는 애틋

한 엄마도, 세상 귀여운 그들의 아이들도 아니다. 인천공항부터 길을 물으며 아빠에게 가는 아이와 엄마를 대하는 한국인들이다. 편집 효과일 수도 있겠지만, 버스와 지하철과 길에서 그들을 맞는 한국인들은 하나같이 자기 일처럼 마음을 쓴다. 아빠와 즐거운 시간을 보내라는 축원도 잊지 않는다.

제주도 당근 농장에서 일하는 아빠를 찾아가는 방송에서는 버스 옆자리에 탄 중년 부부가 아이들을 보며 "어서 아빠와 함께 살아야지"라며 말끝을 흐렸다. 너희 나라 또는 우리나라라고 장소를 특정하진 않았지만, 모여 살기를 바란다는 말에서 그곳이 한국이어도 좋다는 뉘앙스가 전해졌다.

캄보디아에서 온 어린 형제가 아빠가 일하는 지하철 공사장을 찾아가는 방송에서도 중년 여성 셋이 가던 길을 돌려 아이들을 이끌었다. 헤어질 때는 아이들 손에 과자 상자를 들려주었다.

아빠를 찾아오는 가족, 전혀 모른 채 열심히 일하고 있는 아빠의 모습을 비추는 방송에서 내게 특별하게 다가온 장면이 있다. 낯선 상황에서도 꼿꼿한 엄마들의 자세와 시종일관 겸손한 태도로 수줍게 웃는 아빠들의 모습이다. 엄마들은 제 나라에서 살던 태도가 그대로 드러났고, 아빠들은 남의 나라에서 살며 겸손하고 친절해야만 인정받을 수 있기에 그런 모습이 관성처럼 드러난 게 아니었을까. 나의 이방인으로서 경험을 외국인 노동자 아빠들에게 투사하고 말았다.

나는 아빠들의 멈추지 않는 미소가 안쓰러웠다. 아이들이 한국행 비행기표를 받고 속성으로 익히는 한국어도 마음에 걸렸다. "아줌마 예뻐요"라는 표현이 거의 매회 등장했다. 왜 아이는 제 나라에서는 하지 않을 표현을 배웠을까? 내가 배운 중학교 영어 교과서에는 낯선 이에게 건네는 인사말로 "당신은 예뻐요"라는 표현은 없었다. 하지만 '미씨 유에스에이missyusa.com'라는, 유명하고도 유용한 미주 한인 여성 사이트에는 '칭찬하기 팁'이 생활영어로 등장한다. 아이들 학교에서, 직장에서, 동네에서, 미국인을 만날 때면 입이 떨어지지 않는다는 '미씨'에게 '온라인 시스터'들은 이렇게 조언한다.

"일단 상대의 옷차림이나 헤어스타일을 칭찬해보세요."

"어색하면, 날씨 이야기로 시작하면 어떨까요?"

"날씨 이야기도 하루 이틀이죠. 이 동네는 맨날 햇볕 쨍쨍이랍니다.ㅠㅠ"

온라인 시스터들은 굴하지 않는다.

"아이를 칭찬하세요."

"강아지 칭찬 어때요?"

"일단 예쁘다고 말하고 시작해요."

그렇다, 우리는 이방인이다. 거부당하기 쉬운 환경에 있기에 "예뻐요"라는 표현은 동남아시아인의 한국어에, 한국인의 미국

이민자 영어에 살아 있다. 약자는 자주 웃는다. 서열이 낮을수록 '나는 당신에게 위험한 존재가 아니'라는 신호를 보내며 혹시나 모를 거부감을 막아보려 한다.

이민 생활 16년이 된 지금 다행히 나는 애써 웃지 않고 살아간다. 존중과 환대를 경험하며 이웃에 대한 믿음이 생겨났기 때문이고, 미국 사회가 이방인을 분류하는 시각에도 소비사회에서 흔히 나타나는 빈부로 사람을 가르는 헛헛한 시각이 있다는 점과 대중이 서로 반목하도록 조장하는 정치적 술수가 있다는 것을 알아차리면서다. 그간 위축되었던 내 염통이 조금은 단단해진 듯하다.

나는 한국에 사는 이방인들이 더 많은 환대를 경험하길 바란다. 그러하기에 제주로 피난 온 예멘인들에게 쏟아지는 과격한 거부가 몹시 당혹스럽다.

세상의 섞임은 빨라지고 있다. 걸어서 넘던 국경은 낙타로, 기차로, 비행기로, 더욱 빠른 수단을 이용해서 넘는다. 자본은 이와 견줄 수 없을 정도로 더 빠르게, 실체 없는 숫자만으로도 월경한다. 이런 와중에 안녕을 찾아 이주하는 빈곤한 인간만이 비자에 막히고, 면도날이 휘감긴 철조망 벽에 내몰린다. 목숨을 걸고 탈출하는 '난민'을 위한 국제협약조차 미덥지 않다. 예멘 난민에 대한 거센 반감은, 한국에 사는 220만 외국인, 89만 다문화 가족, 3만여 탈북자들에게 결코 아무렇지도 않은 메시지가 아니다. 그래서 나는 청와대 청원이란 명목으로 올라온 70여만 명의 명령을 '혐오'라고 쓸 수밖에 없다.

오늘 500여 난민에게 향하는 혐오가 어제는 꼴페미, 한남, 맘충이라 불리며 내달렸다. 사회역학자들은 불평등의 골이 깊어지면 유대감이 소멸되고 몸과 마음의 병이 되어 그 땅의 모든 사람을 쇠약하게 만든다는 사실을 밝혀냈다. 정부는 시민의 마음이 더 부서지기 전에 난민에 대한 인도적 국제협약 정신을 이행해야 하며, 경제적 불평등과 성적 불평등을 개선하기 위한 대안을 제시해야 한다. 아니 이미 공표한 약속만이라도 지켜야 한다. 그렇지 않으면 돈이 계급이 된 시절, 계층 이동이 막힌 대한민국을 살아가는 수많은 이들이 난민과 별반 다르지 않은 소외와 차별을 당하면서, 그들보다 하층에 자리 잡은 약자를 향해 더욱 야박해질 수밖에 없다. 환대하고 존중하는 마음이 혐오의 독설에 풀 죽지 않기를 바란다.

2003년에 캘리포니아 지역 교육청이 무료로 운영하던 성인 학교에서 중남미, 아시아, 아프리카, 유럽에서 온 이주민들과 함께 영어 수업을 받았다. 나라별로 모여 전통을 뽐내는 '문화의 날' 행사를 준비할 때, 옆자리에 앉은 우크라이나인 빅토리아에게 "잘 돼가?"라고 묻자, 고개를 가로저었다. 소련 해체 후 키예프의 미국 회사에서 영업책임자로 일했던 빅토리아는 마치 자신의 푸른 눈동자에 한번 빠져보라는 듯 큰 눈을 반짝거리며 입맛을 다셨다.

"너네 나라 사람들은 리더 말을 잘 듣더라. 프로그램도 빨리 정하고. 근데, 우린 아냐. 소비에트 시절에 박힌 '너나 나나(너도 잘났고, 나도 잘났다)'라는 인식이 강해서 통합이 안 돼."

어려운 시절을 보내다 이곳에 온 그들에게는 엘리트라고 져주거나 연장자라고 양보하는 고분고분함이 없었다. 빅토리아의 말이 내겐 참으로 신선했다. 내 몸에서 빠져나가던 기백이 서둘러 돌아오는 느낌이었다. 우리는 그렇게 가야 하지 않을까. 온 생명이 모두 서로의 가치를 인정하고 배우는 태도가 지구인이 추구할 품위가 아닐지.

그해 우크라이나 학생들의 합창은 가장 큰 박수를 받았다. '너나 나나' 우리는 모두 인간이다.

거의 완벽에 가까운 휴가

.

.

.

카멜 협곡 밑바닥에 있는 타사하라 선원Tassajara Zen Center에는 일찌감치 어둠이 차올랐다. 선원을 에두른 산이 검은 그림자를 늘어트리며 도량을 품으려는 듯했고, 마당에는 높이 떠오른 달빛이 내려왔다.

여름 사막의 마른 공기는 스무 평 남짓한 법당에서 맥을 추지 못했다. 문지방을 넘자 바투 서 있던 100여 명의 숨결에 눅진해졌고, 그만큼의 사람들이 불경을 합송하자 맨살 위로 땀방울이 맺혔다. 서까래도 땀을 흘렸다.

미국식 단기 출가, 템플 스테이, 선원 체험. 딱 들어맞는 이름을 붙일 재간은 없지만, 캘리포니아 카멜 협곡에 있는 수행처로 떠났던 2014년 휴가의 마지막 밤을 잊지 못한다. 달이 뜨고 올려진 보름 법회, 영어로 이어지는 염불 속에서 돌아가신 이들을 기리는 내용이 들리고 나서야 음력 7월 보름, 백중百中이라는 것을 알았다.

처음 혼자 떠났던 1994년 호찌민 여행 때도 팜응라오 거리에서 백중을 맞았다. 건물 2층에서 누군가 돈을 뿌렸고, 아이들이 몰려들어 돈을 줍고는 날아갈 듯 좋아했다. 그들의 세시풍속이라 했다. 덕분에 일꾼에게 돈과 음식을 나눠주던 한국의 백중 풍습도 찾아보게 되었다. 20년 뒤 미국 선원에서 맞는 백중은 쾌감이 있었다. 양력만 있는 나라, 그래서 '블루문'이란 말을 만들어 한 달에 보름달이 두 번 뜨면 불길하다고 야단을 떠는 동네에서 음력 7월 보름을 기리는 시간은 동아시아에서 자란 내게 세상이 조금 당겨진 느낌을 주었달까.

차를 몰고 5시간 반을 달려 계곡의 수행처에 몸을 묶었다. 내 몸을 가둬 마음을 붙들려 했다.

2014년이 오기 넉 달 전부터 나는 그해를 준비하며 살았다. 벽두에 시작한 연재는 여섯 달이나 이어졌으며, 이를 책으로 정리하느라 말뭉치 속에서 다시 여덟 달을 보냈다. 해가 바뀌어도 놓지 못했던 길고 긴 2014년이었다.

섭외가 성사되면 팽팽하게 당겨진 새총의 돌멩이처럼 튀어나갔다. 재러드 다이아몬드를 만나러 남부 캘리포니아로, 제러미 리프킨, 놈 촘스키, 하워드 가드너를 만나러 미국 동부로, 지그문트 바우만과 리처드 윌킨슨을 만나러 영국으로, 시리아 내전 때문에 하루가 멀다고 일정이 바뀌던 장 지글러를 쫓아 스위스로, 그 밖에도 뉴욕, 켄터키, 태평양을 건너 중국, 스리랑카로 이어지는 22만 리 길이었다.

여름 태양이 절절 끓을 즈음에야 짐 가방을 털어 말릴 수 있었다. 그리고 남편이 준비한 가족여행을 떠났다. 열사흘 동안 산과 들과 사막을 돌았다. 그 길에서 스멀스멀 올라온 생각이다. '떠나자, 딱 사흘만. 내가 내 몸 안에 온전히 있는 시간을 만들자.' 남편은 별일 아닌 듯 내 휴가에 동의했고, 가고 싶던 선원에는 침대 하나가 남아 있었다.

새벽 5시에 출발했다. 카멜 협곡 중턱에 있는 마지막 마을에 하루 한 번 들리는 선원의 셔틀 SUV 차량이 오전 10시 30분에 떠난다고 했다. 그 차를 놓치면 사륜구동 오프로드 차를 빌리든지(빌린다고 해도 운전할 수 있을까? 과열된다고 브레이크를 10분 이상 밟지 말라는 주의를 이메일로 받았는데), 22킬로미터 산악 행군을 해야 한다고 했다(선원으로부터 받은 이메일에는 동틀 때 떠나야 당일 밤에 도착하니 몸 상태를 점검하고 출발하라는 당부가 있었다). 몬터레이만灣으로 들어가는 마지막 산을 넘자 군락을 이룬 유칼립투스 나무 향기가 흥건했다. 사나운 코알라를 진정시킨다는 유칼립투스 향이 차보다 빨리 달리는 내 마음을 누그러뜨렸다. 존 스타인벡이 장편소설 《통조림공장 골목》을 집필한 동네다. 유독 멕시코인 농장 노동자가 많은 그곳은 온통 초록 밭이다. 토요일 아침, 들판은 고요했다. 드문드문 보이던 이동식 화장실도 나오지 않았다.

대로에서 벗어나 1킬로미터만 내려가면 파도치는 태평양인데, 나는 산으로 내달렸다. 1시간가량 오르니 비포장길이 시작되었다. 조금 더 숲으로 들어가니 우편함과 신문함 예닐곱 개가 나란히 세워져 있는 공터가 나왔다. 찻길은 끝났고 숲속 어딘가에 집이 예닐곱 채 있다는 신호다.

흙길 가장자리로 승용차가 즐비했다. 이곳이 선원에서 일러준 마지막 마을 제임스버그인 듯했다. 선원에서 가장 가까운 주유소조차 1시간 반 너머에 있다던데, 네비게이션은커녕 지도에도 없는 마을을 찾는 데 정신을 쏟아 연료통 채울 생각을 놓치고 말았다. 셔틀을 꼭 타야 할 이유가 하나 더 생겼다. 그런데 오가는 사람이 없다. 뽀얀 먼지를 뒤집어쓴 승용차들, 커버까지 씌워진 자동차가 있는 걸 보니 차들의 주인은 고개 너머 선원에 앉아 있는 모양이다.

40분 뒤, 전차 같은 SUV 차량이 나타나자 어디 있었는지 사람들이 나무 벤치로 모였다. 모두 일곱 명이다. 운전사는 이제

부터가 진짜 타사하라 가는 길이라며 중심을 잘 잡으라고 엄포를 놓았다. 시속 25킬로미터로 1시간을 달리는 비포장길에는 크고 작은 돌들이 무수히 박혀 있고, 이리 쏠리고 저리 쏠리며 돌아가는 굽잇길 옆은 낭떠러지였다. 마치 설악산을 차 타고 오르는 것처럼 아득히 멀리까지 이어진 봉우리들이 한눈에 들어왔다(실제 설악산 높이의 봉우리들이다).

차 한 대가 겨우 지나갈 수 있는 좁은 길이 아찔했는데, 자주 선원에 온다는 이가 1918년에 뚫린 마찻길이라고 알려주었다. 타사하라에 있는 온천이 백인들한테 유명해지면서 중국인들을 데려다 길을 닦았다고 한다. 이 협곡에도 초기 중국인 이민자의 애환이 서려 있다. 아메리카 대륙의 험준한 산맥을 돌며 동서로 횡단하는 미국의 철도와 터널은 중국인 화약기술자와 노동자들의 손으로 건설되었다. 그들이 돈을 만지고 가족을 꾸리며 터를 닦은 산간 도시들에서는 19세기 말과 20세기 초에 중국인 대량 학살 사건이 벌어지기도 했다. 1923년 간토關東 대지진 당시 한국인이 우물에 독을 탔다는 소문을 퍼트리고 학살했던 일본처럼, 미국에도 아시아인을 제물로 삼은 야만적인 텃세가 있었다.

머릿속에서 우울한 이민의 역사가 떠돌 때, 차 안에서는 자기를 소개하는 인사가 오갔다. 캐나다 토론토에서 왔다는 중년 여성은 연초부터 벼르다가 접수했다고 한다. 뉴욕에서 날아온 젊은이도 있고, 청년 시절 선원에서 10년 동안 지냈다는, 감회에 젖은 할아버지도 있다. 모두 백인이다.

타사하라 선원은 일본 조동종曹洞宗의 스즈키 스님이 개원한 첫 해외 사찰로 유럽계 지주한테 온천 옆에 지어진 리조트 건물과 대지를 사들여 일군 도량道場이다. 1967년에 선 수행을 하는 절로 탈바꿈했다. 봄 가을 겨울에는 산문을 닫고 장기 체류자들과 거주자들만 수행 정진한다. 여름 한 철만 단기 수행자들에게 개방한다.

타사하라로 닿는 마지막 15킬로미터는 차가 물구나무서서 내려가는 게 아닌가 싶을 정도로 가팔랐다. 길은 또 어찌나 좁던지 피아노 한 대로도 거뜬히 막을 수 있을 같았다.

선원은 덕수궁만큼 넓었다. 일주문一柱門 위에 얹힌 일본식 초가지붕은 두툼하게 쌓인 짚단 끝이 대지와 수직을 이루며 반듯하게 잘려져 있어 마음까지 반듯해지는 것 같았다. 방문객들은 여행 가방을 수레에 싣고 숙소로 이동했고, 그곳이 처음인 나를 포함한 네 명은 오리엔테이션을 받았다. 모든 음식물은 부엌 옆 창고에 보관해야 했다. 야생 동물이 수시로 드나들기에 음식물 관리가 철저했다. 선원은 전체가 태양광 에너지로 자가 발전하기에 방문자는 개인의 전기 전자 기기를 쓸 수 없다. 핸드

폰도 인터넷도 안 된다. 사무실 인터넷은 가능하지만 아주 급한 경우가 아니면 자제해달라는 부탁이다. 저녁 8시부터 다음 날 아침 8시 30분까지는 조용히 해야 한다. 묵언이라기보다는 서로를 존중하는 배려였다. 그다음 중요한 지침은 등불이었다. 휴대용 손전등을 가져오라고 했지만, 모두에게 등유램프를 나눠주었다. 목이 긴 호리병에 유리 덮개가 있는 램프는 100년 전으로 되돌아간 느낌을 주었다.

나는 화장실을 사이에 두고 방 두 개가 연결된 여성 숙소에 묵었다. 캐나다에서 온 중년 여성은 벼랑 꼭대기에 있는 꽤 넓은 독채로 올라갔다. 보름날 밤, 달과 가장 가까운 숙소다. 그곳에 일주일 머무는 비용이면 알래스카 크루즈도 갈 수 있었을 텐데, 왜 이곳으로 왔을까 궁금해졌다. 도량에는 가족이나 단체를 위한 단독 숙소가 여러 채 있다.

숙소에 들어서니 나보다 연배가 높은 중년 백인 여성 둘이 쉬고 있었다. 한 명은 청년 시절을 이곳에서 보냈다며, 다음 날부터 올드 멤버들의 모임이 있다고 알려줬다. 다른 한 명은 시카고 외곽에서 왔고, 나흘 동안 이어지는 여성을 위한 글쓰기 프로그램에 등록했다고 했다.

나는 명상 수업도, 붓글씨도, 다도도, 기공도, 요가도, 관계 맺기 심리 탐구도, 아무것도 신청하지 않았다. 선원의 일과를 따라 부지런하되, 있는 듯 없는 듯 조용히 머물다 가리라 마음먹었고, 참선 시간만이라도 생각을 끊어보자, 아니 졸지만 말자, 아니 아침 5시 기상이라도 지키자 다짐하고 왔을 뿐이다. 하나 더 보탠다면, 지그문트 바우만에게 받은 그의 책 《빌려온 시간을 살아가기》를 다 읽고 갔으면 하는 바람이 있었다. 그러면서도 내심 책으로 낼 대담집의 차례만이라도 정하자는 계획을 품었다(사흘 뒤, 매일 아침 5시에 일어났고, 책은 반을 읽었고, 차례 정리는 연재 순서 세 번째를 일곱 번째로 옮기며, 기존 생각을 깨는 엄청난 결과를 이뤘다고 자축했다. 단 하나, 하지만 전부에 가까운, 참선 방석 위에서 끊으려던 생각은 잠시도 끊지 못했다. 입단속도 하지 못했다).

첫 점심부터 환상적이었고 모든 식사가 고결했다. 채식으로 차려진 홈스타일 코스 요리는 호박, 가지, 오이 같은 채소를 주재료로 만든 성찬이었다. 그러고 보니 내가 타사하라를 처음 알게 된 것도 요리책 《타사하라 베이킹》과 《타사하라 쿠킹》이었다는 것이 생각났다. 아이들이 다니던 발도르프 유치원 선생님들도 그 요리책으로 배워 빵을 굽고 샐러드를 만들었다.

말은 적게 하고 공연히 들떠서 스스로 부풀리는 짓을 하지 말자 마음먹었다. 하지만 사람들과 대면한 첫 점심 식사 자리에서 선한 눈을 가진 사람들한테 "어디서 왔니?" "무슨 일을 하니?"라는 질문을 받자마자, 지난 여섯 달 동안 매달린 연재 이야기를 쏟아내고 말았다. 이름만 대면 다 알만한 사람들에 대해 말하면, 나도 실제보다 과하게 부풀려진다는 것을 알면서도 입을 다물지 못했다. 옆에 앉은 뉴욕에서 온 디자이너 청년을 의식하며, 행위예술가 마리나 아브라모비치를 인터뷰했다고 말하니, "그래서, 마리나는 뭐라 했어?" 하고 그가 호기심 어린 목소리로 물었다. 마리나가 강조했던 용서에 관한 이야기를 전했다.

같은 테이블에 앉아 있던 마거릿이 논란이 될 수 있는 주제라며 반론을 제기했다. UC 산타크루즈의 심리연구소에서 일한다는 마거릿은 '용서'라는 메시지는 피해자의 고통을 살피지 않은 무책임한 말일 수 있다며 동의할 수 없다고 했다. 만약 자신이 캘리포니아에서 태어났다면 그 메시지에 감동할 수 있겠지만, 폴란드에서 자란 유대인이기에 그럴 수 없다고 했다. 부모도, 친척도, 친구의 부모들도 홀로코스트 생존자라고 했다. 그리고 당시 이야기를 절대 꺼내지 않던 자기 부모를 이해하게 된 계기를 들려주었다.

마거릿이 킬링필드에서 탈출한 캄보디아 난민을 인터뷰할 때였다. 폴 포트 정권에서 겪은 일을 묻자 한결같이 침묵했는데, 그중 한 사람이 앞에 놓인 물컵을 들며 그 속에 모래가 있다고 가정해보라고 했다고 한다. 한참 있다가 다시 말을 잇기를, 이제 모래가 바닥에 가라앉았을 거라며, 자신은 다시 그 모래를 휘저어 떠오르게 하고 싶지 않다고 했다는 것이다.

마거릿과 대화는 이후 선원에서 보내는 시간 동안 내 입을 무겁게 했다. 그리고 마리나 아브라모비치와 인터뷰 원고를 다시 정리하던 그해 겨울까지 화두처럼 내 안에서 떠나지 않았다.

오후에 냇가 근처에 있는 온천 별채로 향했다. 미국에서도 간혹 노천온천을 만나는데, 내가 가본 곳은 모두 수영장처럼 남녀 구분 없이 수영복을 입고 들어가는 곳이었다. 타사하라의 온천은 남탕과 여탕으로 나뉘어 있다. 나는 수영복을 안 가져온 것을 후회하며, 옆에 있던 여성에게 속옷을 입고 들어가도 괜찮을지 물었다. 그녀는 그러고 싶으면 그래야지, 하더니 정작 자기는 속옷마저 벗어버리고는 성큼성큼 샤워장으로 향하는 것이 아닌가. 둘러보니 다른 여성들도 옷을 모두 벗었다. 공중목욕탕을 백 번도 더 다녀본 한국인이 유난을 떤 셈이다.

탕에 들어서자 데크로 이어지는 여닫이문이 양쪽으로 열려 있어 하늘도 산도 물 속으로 들어왔다. 바람도 좋았다. 데크 바닥에 수건을 깔고 누우니 몸은 곧 보송해진다. 다섯 달 족히 비한 방울 없이 이어지는 캘리포니아의 여름 바람이 그렇게 부지런했다.

데크 아래 뜰 너머로도 김이 모락모락 올라오는 작은 웅덩이가 있다. 벼랑 끝 별채로 올라갔던 여성이 웅덩이에서 몸을 일으키며 나왔다. 내게 인사를 건네며 지나치는데 나는 어정쩡하게 웃었을 뿐 아무 말도 하지 못했다. 그녀의 젖가슴이 눈에 들어왔다. 앙다문 입처럼 잘려나간 젖꼭지. 그녀는 유방암 생존자다. 애써 아무렇지 않은 척하는 나를 느끼며, 참으로 질기게도 봉긋하고 꼭지 달린 그것에 붙잡혀 있음을 본다. 훈풍은 계속 불어왔다.

특별한 공간에 간다고 특출해지지는 않는다. 한밤에 화장실에 갈 때마다 소변을 본 물이 안 내려져 있어 앞서 사용한 누군가를 원망하며 물부터 내리곤 했다. 선원을 떠나기 직전, 법당 아래 공중화장실 벽에 붙은 안내문을 읽고 나서야 알았다.

"건조한 산악 지대입니다. 소변의 경우, 두 번째로 볼일 본 사람이 물을 내리도록 합시다."

뜨끔했다. 내가 화장실에 들어갈 때마다 두 번씩 물을 내리던 소리는 얇은 벽 너머 양쪽 방에 있는 투숙객들이 다 들었을 텐데, 아무도 내게 잘못하고 있다고 말하지 않았다. 기다려준 것이다.

선계仙界가 있다면 그곳이 타사하라가 아닐까. 낯선 이들이 서슴없이 자신을 드러냈고, 도량을 품은 자연과 도량에 있는 사물마저 고요하게 존재했으며, 왁자하게 웃어 젖히는 시간도 고요 속에서 조화를 이루었다. 이성이 살아 있고 감성이 흐르기에 약점을 공유해도 안전할 것 같은 공간이었다.

마지막 날 밤, 법회를 마치고 캠프파이어 대신 온천으로 향했다. 달빛에 익숙해지면 보이겠거니 믿고 걸었다. 법당 불빛의 잔영에서 멀어지는데 내가 디디는 발걸음에 한 줄기 빛이 따라온다. 뒤를 돌아보니 체격이 아담한 아주머니가 손전등으로 내 발길을 살펴주고 있었다. 덕분에 발밑을 보게 되었다. 조고각하照顧脚下*.

사람들이 물처럼 일렁일 것이다

·
·
·

법철학자 마사 누스바움을 인터뷰하러 시카고에 갔을 때다. 친구의 도움으로 현지에서 활동하는 포토저널리스트를 소개받았다. 친구는 그가 미국 선주민이라고 귀띔해주었다. 시카고대학 법학대학원 로비에서 만난 짙은 눈썹과 단정한 이목구비를 갖춘 30대 청년은 "아담 싱즈-인-더-마운틴Adam Sings-in-the-mountain"이라고 자신의 이름을 말했다. 우리말로는 '산-속에서-노래해'로 바꿀 수 있다. 크로Crow족이라고 했다. 옐로우스톤 국립공원을 여러 번 방문하며 여러 번 들어본 부족의 이름이다. 언제 또 선주민 출신 저널리스트를 만나겠나 싶어 속사포 같은 질문을 던졌다.

'산-속에서-노래해'에게 당신네 사회에는 페미니즘이 있느

냐고 물었다. 그는 자신들의 거주지를 '크로 나라'라고 부른다고 했다. 크로는 몬태나주와 와이오밍주에 걸쳐 있고 경기도만 한 크기이니 '나라'라 하기에도 손색이 없다. 그는 크로 나라에는 페미니즘이라는 말이 없다고 답했다. 페미니즘이 없는 나라, 얼마나 가부장적이면 단어조차 만들어지지 않았을까 의아해할지 모르겠다. 하지만 '산-속에서-노래해'는 굳이 '성평등'을 말할 필요가 없을 만큼 성적 억압이 존재하지 않는다고 했다. 모계사회이고 그도 어머니의 성을 따랐다 했다. 재산 가치에서 첫 번째로 꼽는 말과 가축도 여성의 소유라고 했다.

잠시 나의 '생각회로'가 삐걱거렸다. 어머니의 성을 따른다고 성평등이 이뤄질까? 가정경제의 소유권이 여성으로 계승된다고 남녀가 평등할까, 하는 의문이었다. 토지 소유권은 누구에게 있는지 물었다. 공동 소유, 즉 크로 전체의 소유라고 했다. 크로의 주요 소득원은 토지 임대료다. 농장을 임대해주거나 광산 채굴권을 주고 사용료를 받는다. 수입은 전부 공동 소유다. 전통적으로 여성이 육아, 채집, 요리 등을 담당하고, 남성은 사냥과 전투 등을 담당해왔지만, 여성도 전사가 되어 전장에 나간다고 했다.

그는 핸드폰을 열어 사진을 보여주었다. 독수리 깃털로 장식한 전사 복장을 차려입은 크로 여성이다. 이 여성이 어떻게 전사 칭호를 얻었냐 물으니, 미 해병대 군인이라 답했다. 전투에 나가는 군인이 전사로 불리는 것은 당연한데, 나는 선주민을 할리우드 서부극에나 나오는 '18세기 사람'으로 그리고 있던 걸 들키고 말았다. 그는 크로어를 할 줄 안다. 스마트폰 앱을 통해 배웠다고 했다. 나중에 찾아보니 북미 100여 개의 선주민 언어를 배울 수 있는 앱이 있었다.

혐오의 민낯을 파헤치는 철학자 마사 누스바움을 인터뷰하는 자리여서 크로 사회에도 동성애 혐오가 있는지 물었다. 크로는 인간의 성을 남성과 여성이라는 두 가지 성으로 나누지 않는다고 했다. 누구에게나 남성성과 여성성이 한 몸에 공존하며, 시기에 따라 그 비율은 달라질 수 있다고 해석한다. 그와 대화에서 나는 내 생각을 보충하는 양분으로 그의 말을 골라 담았다. 그들 문화에 성차별적 요소가 적은 까닭은 공유를 바탕으로 하는 경제 시스템이기에 현대 자본주의 국가들의 문제점인 소득 양극화로 인해 발생하는 불평등이 없기 때문이라고 해석했다. 성차별과 인종 차별, 경제적 불평등은 독립적으로 존재하는 이슈가 아니라는 점을 재확인하듯 추렸다. 그때는 그랬다.

'산-속에서-노래해'는 공항까지 나를 배웅해주었고, 나는 한국에서 읽었던 시애틀 추장의 편지를 떠올리며 선주민 가운데 지혜로운 이를 만나고 싶다 전했다. 그는 내게 책을 한 권 추천했다. 크로의 전설적인 추장 '많은-승전Plenty-coup'의 책이었다. 나는 온라인 서점에서 그 책과 나란히 추천된 여성 크로 영웅 '어여쁜-방패Pretty-shield'의 책도 샀다. '많은-승전'의 책을 먼저 읽기 시작했으나 일에 쫓겨 중도에 덮고 1년을 보냈다.

지난여름 몬태나주와 캘리포니아주 서쪽 땅끝을 다녀오며 다시 미국 선주민 이야기가 궁금해졌다. 혐오가 기승을 부리는 현상은 여전했기에 '산-속에서-노래해'의 말을 떠올리며 크로의 지혜를 얻고자 '어여쁜-방패'의 책을 읽어 내려갔다. 1931년에 여든 살이 된 그녀가 구술한 책이다.

내가 미국에 와서 풍문으로 들었던 미국 선주민에 대한 평가는 야박했다. 정부보조금으로 카지노를 운영하며 선주민이 아닌 일반인에게는 불친절하고, 변덕스럽고, 술과 마약에 찌들어 살고, 대학을 공짜로 보내줘도 게을러서 공부하지 않는다는 이야기 등이다. 풍문에 대한 팩트는 연방 재정 지원 홈페이지를 통해 확인했다. 선주민이 인디언 거주지에 살 경우, 주 세금은 면제받지만 연방소득세는 납입해야 하고, 전기요금 지원 말고는 일반 미국 시민과 다르지 않았다. 대학 장학금 지원도 미국 전체에서 대학 진학자 비율이 급격히 늘어난 만큼 자체 경쟁률이 높아져 수혜자 비율이 매우 낮았다. 선주민에 대한 편견은 유색인, 이민자, 여성, 성소수자, 장애인, 가난한 이들에게 향하는 것과 다르지 않았다.

모계사회라는 말이 크로 사회를 규정하는 표현으로 적절한

지 알고 싶어 아프리카와 아시아 대륙에 남아 있는 모계사회 공동체에 대한 논문을 읽었다. 논문은 모계사회의 특징을 결혼 제도와 재산의 권리가 남성에게 계승되는지, 남성의 역할이 아버지에게 있는지, 아니면 모계의 형제인 자녀의 외삼촌으로 계승되는지에 초점을 맞추고 있었다. 연구자들은 아프리카나 아시아의 종족이 잉여 생산물을 어떻게 권력화했는지에 따라 모계 중심인지 부계 중심인지를 분류했다.

'어여쁜-방패'의 책에서 나의 눈길을 잡은 표현이 있다.

"이모의 미움이 눈이 다 녹을 때에서야 풀렸다."

"세 번째 달이 떠오르고서야 '미치게-용감한Crazy-brave'의 부러진 팔이 나았다."

"'붉은 곰Red-bear'의 딸은 아홉 번째 눈을 맞이한 내 또래였다."

그들은 실제 달이 차고 기우는 것으로 한 달을, 눈이 오고 멈추는 시점으로 한 해를 헤아렸다. 4월은 '북아메리카의 암컷 들꿩이 춤추는 달', 9월은 '자두가 떨어지는 달', 11월은 '나뭇잎들이 땅에 있는 달'이라 불렀다.

딸이 남긴 손주와 부모 잃은 부족의 아이들까지 키우는 '어여쁜-방패'는 땔감을 줍고, 열매를 따고, 모카신을 만들고, 사슴 가죽으로 옷을 지으며 티피(선주민들의 전통 천막)를 잇는 일상을 이야기했다. 여성의 일은 다 이러했는가 심드렁해졌는데 결혼해 아이를 낳고도 그 아이를 끌어안고 눈썰매를 즐겼다는 이야기나, 말을 타고 전장에 나가는 이웃 여성의 이야기를 읽을 때는 반가운 마음이 들었다. 그것도 잠시, 지참금을 선사하고 아내를 얻는 남성들의 이야기는 현대인처럼 노동력에 대한 값을 치르는 듯 보여 크로는 성평등 사회라는 '숲-속에서-노래해'의 말에 의심이 들기도 했다. 그런데도 이어지는 글에서 내 안에 닫혀 있던 무언가가 열리는 듯 빠져들었다. 산골짜기에서 크로 여성들은 순무를 캤고, 남성들은 순무를 즐겨 먹는 곰이 덮치지 않도록 망을 보았다. 강이 불어 길이 막혔을 때는 산꼭대기로 빙 둘러 안내하는 곰을 따라 마을로 돌아오기도 했다. 현대인이 거북해하는 쥐, 뱀, 개미들도 영혼을 지닌 존재로 존중하고 서슴없이 그들을 '사향쥐 사람들' '뱀 사람들' '개미 사람들'이라고 불렀다.

정작 내가 주목해야 하는 것은 그들 사회 속에 깃든 억압이 아니었다. 마음을 운용하는 방식이었다. 햇살의 변화, 미세한 바람 소리에도 열려 있는 그들의 감각이었다. 크로 사람들의 삶에서 내가 보아야 할 것은 사회학적인 분석이 아니라 땅과 하늘로 뻗어가는 그들의 마음이었다. 내 국가, 내 종교, 내 식구라는 울타리에 갇혀 자신에게 유리한 것만 쫓는 현대인의 '작은 자아 small self'를 확장시키게 하는 그들의 지혜였다. '내가 만일 범고래라면' '내가 금강에 사는 황오리라면' '내가 난민이라면', 이런 상상에 익숙해지는 '확장된 자아extended self' 말이다. 그렇게 마음이 뻗어가다 보면, 밭에 있는 시금치가 나의 위장으로 들어와 다시 땅으로 돌아가듯, 뭇 생명이 함께 살기 위한 더욱 사려 깊은 모색을 할 수 있지 않을까. '나'라는 존재는 결국 관계 속에서 의지하며 살아가는, 세상과 연결된 덩어리라는 결론에 다다를 수 있지 않을까.

다행히 현대의 선주민들 중에는 전통을 계승하며 지구의 생명들과 소통하는 이들이 있고, 도시인들 중에도 이들의 지혜를 배우려는 이들이 늘고 있다. 지난 9월 8일 토요일, 샌프란시스코 광장에 그런 사람들이 모였다. 글로벌 경제 기후 위원회가 주최하는 '2018 샌프란시스코 글로벌 기후 행동 정상회담Global Climate Action Summit'에서 기업의 이윤이 아닌 지구의 미래를 위한 선택이 일어나도록 촉구하는 '기후 정의를 위한 행진'이 열렸다. 90여 개 나라에서 3만여 명이 왔다. 태평양 군도, 오스트레일리아, 아마존을 비롯한 남북미 대륙의 선주민들이 전사 복장을 갖추고 모였고, 풀뿌리 조직과 기독교, 불교, 이슬람교, 유대교, 힌두교 등의 종교 공동체들도 함께했다. 이들은 아침 8시 30분부터 2시간 동안 생명을 참구參究하는 명상으로 집회를 열었다. 샌프란시스코 땅을 밟고 서 있는 그 자리에서 그곳 선주민 미오크Miwok족의 전통에 따라 자신을 '도토리, 연어, 전복의 사람들'이라 부르며 땅과 물과 하늘과 연결될 것을 선언했다.

시위대가 행진하며 부른 느린 랩 같기도 하고 가스펠송 같기도 한 노래가 있다. 여기에 가사를 옮겨본다. 시처럼 기도처럼 읊조리면 좋겠다. 시공간을 넘어 확장될 당신의 자아를 위하여.

사람들이 물처럼 일렁일 것이다
우리는 이 위기를 잠재울 것이다
나는 지금 내 손주의 딸들이 부르는 노래를 듣는다
그 노래가 멈추지 않도록 우리는 이 땅을 지켜내리라

모든 생존자를 믿는다

.

.

.

샌프란시스코 북부 해안가 선원에서 생태 강의 마지막 수업을 마치던 날 집으로 돌아오는 걸음을 늦추고 도심의 언덕길을 올랐다. 한 달 반 전에도 들렀던 건물 건너편 언덕에 있는 작은 공원이다. 그때는 이렇게 가까운 곳에 '위안부' 소녀상이 있다는 것을 알지 못했다. 그저 15분에 4달러나 하는 주차비에 허둥대며 일을 마치고 나오는 데 바빴다.

도심의 수증기를 죄다 말려버린 태양은 최초의 '위안부' 증언자 김학순 할머니의 어깨를 덮히고 있었다. 그 태양을 온몸으로 받아내는 필리핀 소녀가 엄지발가락에 힘을 실어 단상의 경계 너머 세상으로 나아가려 한다. 치마저고리를 입은 한국인 소녀와 머리카락을 양 갈래로 땋아내린 중국인 소녀의 발목으로 바람이 지나갔다. 원통형 단상의 경계에 발끝을 밀어 넣은 세 소녀는 무게 중심을 발가락에 두고 있다. 가슴을 젖혀 손을 맞잡고 이제 세상으로 뛰어내릴 순간을 알리듯, 용기를 장착한 전사가 마지막 사랑을 전하듯, 다섯 손가락에 힘을 모은다. 그랬다. 그녀들은 아프고 처절했던 어린 시절 잃어버린 시간 속의 자신들을 보듬고자 세상에 나온 것이 아니었다. 거짓의 시간을 밝히고 인간 생명의 동등한 가치를 이뤄내고자 남은 삶까지 던진 것이다. 두 손을 부여잡은 김학순 할머니가 소녀들과 눈을 맞춘다.

이곳에 오는 걸음을 더는 늦출 수 없었다. 사흘 전 내가 미처 알아차리지 못한 역사적 순간에 대한 자책이 있어 그 체기를 가라앉히고자 달려왔다.

2018년 9월 27일 목요일, 연방대법관에 지명된 브렛 캐버노의 청문회가 열렸다. 연방대법관은 미연방법에서 최고 의결권을 행사하는 자리이며 종신직이다. 그러하기에 쟁점이 되고 있는 여성과 소수자 인권, 노동자의 권리, 자본의 권한, 환경 문제와 관련한 법 제정에 미칠 영향력이 막강하다. 그런데 브렛 캐버노는 트럼프에게 지명되자마자 성폭력 고발을 당했다. 네 건의 '미투me too'가 접수되었으며, 그중 한 명이 신상을 공개했다. 캘리포니아 팰로앨토대학에서 심리학을 가르치는 크리스틴 블래이시 포드 교수다. 36년 전 열일곱 살 때 브렛 캐버노에게 성폭력을 당했다. 조지타운 사립 고등학교에 다니던 캐버노가 파티장에서 친구와 함께 그녀를 방으로 끌고 가 강간을 시도했다. 두 당사자는 청문회에서 상원 법사위원들의 질문을 받았다. 법정 같은 청문회였다. 브렛 캐버노와 트럼프 대통령, 그리고 이들을 외호하는 공화당은 민주당이 정치 공세를 하기 위해 술수를 부린다며 방어벽을 높였다. 민주당은 약자를 짓밟은 범법자가 법의 잣대를 휘두르는 최고 권좌에 올라선다면 법 정의가 무너진다며 규탄했다.

고발자인 포드는 시민으로서 침묵할 수 없어 얼굴을 드러냈다고 말했다. 목숨을 위협받고 가족의 안전마저 위태로워졌기에 용기를 냈다고 했다. 청문회 두 주 전, 〈워싱턴포스트〉에 포드의 인터뷰가 실렸다. 순식간에 미 전역에서 성폭행 고발 건수가 두 배로 뛰었다. 여성들이 목소리를 높였고, 포드를 응원했다.

청문회는 워싱턴 DC 시간으로 오전 10시에 열렸다. 나처럼 서부에 사는 여성들은 아침 7시부터 스마트폰의 볼륨을 높이며 생중계에 귀를 기울였다. 뉴욕의 지하철에서는 여성들이 흐느끼는 소리가 퍼졌다고 했다. 취조 같은 질문에 침착하게 답변하는 포드의 고백을 들으며 공원을 달리던 한 여성은 무릎을 꺾고 울었다 했다. 열일곱 살의 포드를 위해, 자신을 위해, 그리고 모든 성폭행 생존자를 위해.

청문회가 생중계되던 그 시각 나는 여느 때처럼 전날의 한국 뉴스를 틀어놓고 아침 일과를 준비했다. 족히 10시간은 진행될 청문회를 지켜보기보다는 지금 해야 할 일을 하자고 컴퓨터 모니터에 코를 박았다. 청문회가 끝나고 정리된 뉴스를 봐도 괜찮다 여겼다. 물론, 민주주의를 역행하는 트럼프의 행보에 제동이 걸리길 바랐다. 하지만 김정은 위원장의 친서에 찬사를 보내던 전날의 그를 떠올리며 한반도 종전 선언으로 이어지길 바라는 데 더 마음을 기울였다.

캐버노는 청문회에서 한 남성의 경력을 짓밟고 한 가문의 명예를 무너뜨리는 정치적 술수에 분노한다며 목청을 높였다. 울먹이기도 했고 화를 내기도 했다.

포드는 자신의 몸을 덮친 캐버노의 몸, 소리 지르려는 입을 틀어막아 숨도 쉴 수 없게 했던 그의 손, 간신히 빠져나와 화장실에 스스로 몸을 가두었을 때 들었던 두 소년의 미친 듯 웃어젖히는 소리를 떨리는 목소리로 증언했다.

저녁에 뉴스를 검색해 6분짜리 하이라이트 영상을 보았다. 터져 나오는 눈물을 참을 수 없었다. 다시 15분짜리 영상을 찾았고, 또다시 1시간짜리 영상을 보며 조여오는 가슴을 부여잡았다. 나의 무심과 무지를 그제야 보았다. 청문회는 한 세력과 다른 한 세력의 충돌이 아니었다. 정의와 불의가 맞선 현장도 아니었다. 그날 아침부터 몰아치던 저항의 회오리는 오랜 세월 약자를 짓밟으며 쌓아 올린 힘의 거탑을 무너트리기 위해, 역사의 궤도를 틀어 아래로부터 힘의 균형을 이루려고 삶을 내던진, 약자들의 항거였다.

　리베카 솔닛을 만났을 때였다. 그녀는 미국의 문화가 소수
자들의 저항 속에서 어떻게 바뀌어왔는지 목격했으며, '아니타
힐 사건'의 전모를 기억한다고 말했다. 1991년 부시 전 대통령이
연방대법관으로 클래런스 토머스를 임명했을 때 젊은 흑인 여성
변호사 아니타 힐이 자신을 성추행한 클래런스 토마스를 고발했
다. 미국 역사상 두 번째 흑인 연방대법관이 배출되려는 순간이
었다. 당시 나는 대학생이었고, 봄부터 여름까지 시위대의 행렬
이 강물처럼 흐르던 서울 도심을 달리고 있었다. 그때 나는 위력
에 의해, 단지 여성이기 때문에 억압당하는 현실을 직시하지 못
했다. 지구 저편의 일이 우리의 일과 맥이 닿아 있음을 알아채지
못했다.

　이 사회의 억압 구조가 자본을 가진 자와 자본으로부터 배
척된 자로 이루어져 있다는 계급 차별의 시각으로 세상을 바라
보던 때다. 성차별 이슈보다는 민주주의 실현과 경제적 불평등
해소를 더 시급한 과제로 여겼다. 가난한 여성, 이민자 여성, 장
애 여성이 더 고통받는 시절이었지만 경제적 불평등 해소가 선행
되어야 한다는 시각은 쉬이 거둬지지 않았다. 교차적으로 일어
나는 성차별과 인종 차별이 부의 많고 적음에 상관없이 거리에
서, 가정에서, 공권력의 폭력 속에서 거침없이 진행되고 있음을
인식하기까지 20여 년이 걸렸고, 이제 겨우 그 세밀한 억압의 틀

을 무너트리는 데에는 선후가 없다는 것을, 삶의 자세가 바뀌지 않으면 정치 경제 구조가 바뀐들 변화는 만들어지지 않는다는 것을 알아차렸을 뿐이다. '한반도의 종전을 위해 트럼프의 선전을 응원해야 하는가?'라는 복잡 미묘한 심사로 갈등하는 오늘도 세상의 억압은 여지없이 취약한 사람들에게 향하고 있다.

청문회가 끝나고 상원의원 전체 표결을 결정한 다음 날, 캐버노를 인준하겠다고 표명한 공화당 소속 애리조나주 상원의원 제프 플레이크 앞을 두 여성이 가로막았다. 플레이크가 탄 엘리베이터에 발을 밀어넣고 엘리베이터를 세웠다. 두 여성 모두 성폭력 생존자다. 그중 스물세 살 마리아 갤러거는 언론사 카메라가 돌아가는 상황에서 플레이크 의원에게 말했다.

"나를 똑바로 보고 말해보세요. 내가 당한 일이 별일 아니라고요."

마리아는 그 자리에서 성폭력 피해 사실을 처음으로 밝혔다. 마리아의 어머니도 몰랐던 사실을 플레이크 의원이 먼저 알게 되었다. 두 저항자의 항의가 플레이크 의원을 움직였는지 알 수 없지만, 그는 공화당 입장을 거스르며 연방수사국FBI 조사를 요구했다. 인준 표결은 일주일 뒤로 연기되었다.

연방수사국 보고서는 '완전하지 않다'는 민주당의 평가와 '통과 절차를 거쳤다'는 공화당의 평가로 맞섰고, 상원의원 인준 표결 결과 48 대 50으로 10월 6일 브렛 캐버노는 연방대법원 대법관 아홉 명에 합류했다. 하지만 진실을 밝히고 성적 억압을 끊어내겠다는 여성들의 저항은 꺾이지 않았다. 상원의원 투표가 진행되는 국회의사당 건물을 수천 명의 시민이 에워쌌다. 그 속에서 다수의 성폭력 생존자들이 자신의 성폭력 피해 사실을 사람들에게 공개하며 저항했다. 오래 머물지 못하고 경찰에게 끌려나가는 여성들 뒤로 국회의사당 건물 유리창에 붙은 메시지가 여전히 세상을 향해 소리치고 있었다.

"우리는 모든 생존자를 믿는다!"

온몸으로 역사의 궤도를 틀고 있는 모든 생존자와 활동가를 믿는다. 그들을 지지한다.

샌프란시스코 '위안부' 기림비에는 이렇게 쓰여 있다.

"이 어두운 역사는 생존자들이 침묵을 깨고 나와 용감하게 증언을 시작한 1990년대까지 은폐되어 있었다. 이 여성들은 전쟁의 전략으로 자행한 성폭력은 가해국 정부에 책임을 물어야 할 반인륜 범죄라는 세계적인 선언을 이끌어냈다. 이 여성들을 기억하고, 전 세계에서 지금도 일어나고 있는 성폭력을 근절하고자 이 기림비를 바친다."

우리는 모두 이슬람이다

.

.

.

공공역학자인 케이트 피킷과 2017년 1월 31일에 요크대학에서 인터뷰하기로 했다. 하루 일찍 도착하려고 29일 일요일에 샌프란시스코 공항으로 나갔다. 여느 때와 달리 많은 인파가 집결해 있었다. 방송국 중계차들이 공항 밖에 진을 쳤고, 로비에 들어서니 천장 가득 북소리가 울렸다. 군중의 함성은 정연했다.

"우리는 모두 이슬람이다!"

어린아이부터 할머니 할아버지까지, 인종과 나이, 성별을 가로질러 500여 인파가 외쳤다. 천천히 로비를 돌며 행진했다.

그날, 미 전역에서 벌어지는 공항 셧다운 시위에 샌프란시스코 시민들이 동참했다. 도널드 트럼프 대통령이 이슬람 7개국가 시민의 미국 여행을 제한하겠다고 내린 첫 행정명령에 항

거하는 시위다. 영주권을 갖고 있는데도 미국 입국이 거절된 이
슬람 국가 시민들을 안전하게 입국시키고, 파시즘적 전조를 차
단하고자 일어난 시민의 연대다.

옆 사람과 단단하게 팔을 얽어맨 시위대가 국제선 모든 출
국장을 가로막았다. 굳은 표정으로 "막아서기를 두려워하지 말
자"고 외친다. 수십 겹을 이룬 인간 사슬이 출국장으로 들어서
는 승객과 항공사 크루들을 저지했다. 뚫려 있는 출국장을 찾아
짐가방을 들고 계단을 오르내렸다. 곳곳이 저항자의 벽으로 둘
러쳐졌다. 공항은 마비되었다. 2시간째다. 맨 앞에 서 있는 시위
대원과 눈이 마주쳤다. 그와 동료들이 함께 외친다.

"막아서기를 두려워하지 말자!"

출국장을 찾아다니느라 한겨울에 땀으로 범벅된 승객들은
열어달라 사정하지도 않고, 불평하지도 않았다. 공항 직원과 경
찰들도 침묵으로 자리를 지켰다.

트레인을 타고 이동한 국내선 출국장은 열려 있었다. 긴 줄
은 안도감을 주었다. 런던행 비행기 출발은 지연되었다. 승객들
은 고요했다. 어깨 너머 들려오는 두런거림에는 트럼프를 향한
비난이 섞여 있었다. 그들도 나처럼 무슬림으로 시작된 차별이
자신의 일이 될 수 있다고 생각할까?

예정보다 4시간 늦게 런던에 도착했고, 시내에 있는 킹스크

로스역에서 요크로 향하는 기차에 올랐다. 요크로 갈수록 빗방울이 촘촘해졌다. 밤 10시를 넘겨 내린 역사는 빠르게 흩어지는 승객을 보내자 어둠 속에 파묻혔다.

나는 요크 성벽을 비추는 불빛을 따라 시내에 있는 호텔로 걸음을 옮겼다. 두 번째 들르는 도시다. 밤 산책 삼아 걸어도 괜찮겠다 싶었는데 다리를 건너자마자 성벽 불빛이 꺼져 방향이 잡히질 않았다. 마침 펍에서 나오는 사내가 있길래 역에 꽂혀 있던 지도를 펼치며 호텔 위치를 물으니, 이름이 생소하다며 길 이름을 따라 방향만 알려주었다. 우둘투둘 수백 년 동안 다져진 보도블럭을 걷자니 역에서 택시를 타지 않은 게 후회스러웠다. 취재비에 맞추느라 어지간한 거리는 걸어 다녔던 습관이 이번에는 몸을 고달프게 했다.

가정집들 사이에서 가정집처럼 숨어 있는 호텔. 오래된 영국 집답게 기역 모양 건물 안에는 작은 뜰이 있었다. 자정을 넘긴 시각, 축축한 뜰에 나서니 빗방울이 한두 방울 떨어진다. 달빛이 내려왔다. 부드러웠다.

잔뿌리가 굵어지는 시간

·

·

·

　아이를 학교에 내려주고 돌아오던 수요일 아침이었다. 첫 사거리에 들어서기 전 길가 쪽으로 차선을 바꿨다. 다음 사거리에 있는 고등학교로 등교하는 차들이 1차선으로 밀려들겠다 싶어 내 딴에는 빨리 지나가겠다고 요령을 피웠다가 신호에 막혀 멀뚱히 길가를 보는데, 프랜차이즈 레스토랑 벽면 바닥에서 빨간 자루가 꿈틀거렸다. 유심히 살펴보는데 젊은 남성의 몸이 자루 밖으로 불쑥 튀어나왔다. 알몸뚱이 상반신이었다. 빨간 자루는 침낭이었나 보다. 사내는 건물 담벼락 아래에서 침낭에 들어가 지난밤을 보낸 듯했다. 침낭이 아무리 보온이 된다 해도 맨살로 들어간 무모함에 놀랐고, 한뎃잠을 자야 하는 그의 가난이 안타까웠다. 아무리 건물 밖이라지만 노숙인의 유숙을 허용한 건물

주의 관대함도 어리둥절하다. 지난밤 나는 올겨울 들어 처음으로 히터를 켰다. 노숙인 보호소에는 그가 잠들 침대가 남아 있지 않았던 걸까.

보이지 않던 가난을 목격해 착잡한 마음으로 청년을 살피는데, 그가 몸을 돌려 고개를 앞으로 뺀다. 침을 뱉으려나 보다 했더니, 그의 입에서 누런 액체가 쏟아졌다. 마침 신호가 바뀌었다. 내 차는 교차로를 지나 그와 멀어지고 있었다. 마음이 무거웠다. 머뭇거리던 내 사고 체계가 미처 어떤 결정을 내리기도 전에 손과 발은 집을 향해 차를 몰았다. '911에 전화를 해야 했나?' 하는 후회가 들었다.

집에 다다랐을 즈음 그에 대한 염려는 물웅덩이에 빠진 휴지 조각처럼 녹아버렸다. 그의 구토는 전날 밤 과음의 결과일 수도 있고, 맨몸으로 잤기 때문일 수도 있다. 그렇다면 곧 회복될 것이며, 911 구급대원은 오히려 그의 전과 기록이나 미납된 범칙금을 들춰내 그를 더 곤혹스럽게 만들지도 모른다. 아니면, 8시쯤 출근하는 레스토랑 직원이 그에게 선의를 베풀지도 모른다. 나의 사고는 그를 위해 아무것도 하지 않은 나를 합리화하는 쪽으로 기울었다.

오후에 아이들을 데리러 다시 학교로 가는 길, 아침에 노숙인 청년이 누워 있던 담벼락을 유심히 훑었다. 검은 배낭과 종

이상자, 붉은 담요가 둘둘 말려 있는데 사람은 보이지 않았다. 내가 침낭이라고 여겼던 것도 침낭이 아니었다.

미국에서 가난은 개인의 사연일 뿐이다. 가난을 초래한 원인도 개인의 욕망에서 비롯된 결과로 쉽게 내쳐진다. 나조차 3년 전 누군가의 빈궁을 염치없는 태도라 흉본 적이 있다.

몇 주 전 일요일, 새벽길을 달려 샌프란시스코 북부 해안으로 강의를 들으러 가던 길에 바다가 내려다보이는 휴게소에 들렀다. 여정의 절반에 해당하는 곳이라 화장실도 들르고 느긋하게 차도 마실 작정이었다. 휴게소 입구에 들어서는데 빽빽하게 주차해 있는 차량들에 놀랐다. 거대한 트럭이 즐비했고 승용차들은 고속도로 인접로까지 주차해 있었다. 드넓은 휴게소 안에 주차 공간이 부족하리라고는 상상조차 못 했는데, 두 번을 돌아도 주차할 공간을 찾지 못했다. 아직 동이 트지 않은 6시 즈음이었다. 그제야 알 수 있었다. 대부분의 차에 침구와 가재도구가 보였고, 수건을 두르고 칫솔을 쥔 채 화장실로 향하는 이들이 눈에 띄었다.

그날 저녁, 다른 주에 살다가 실리콘밸리 근처로 이사 오는 지인이 우리 집에 들렀다. 자연스럽게 그들이 새로 이사하는 동네 이야기를 하게 되었다. 실리콘밸리 주변 방 세 개짜리 집들의 매매가가 대부분 100만 달러고 원룸의 한 달 임대료도 1500달러가 넘는다고 했다. 집마다 차고가 있는데도, 골목길이 주차된

차들로 빽빽한 건 주택 담보 대출금 부담 때문에 방을 세놓는 집이 많기 때문인 것 같다고 했다. 아침에 들른 휴게소 주차장 풍경이 이해되었다.

3년 전, 나는 가깝게 지내는 할머니의 집에 하숙하는 한 중년 남성의 사연을 들었다. 실리콘밸리에서 근무하다 이쪽 연구소로 발령받은 공학박사인 남성은 식구들과 떨어져 혼자 할머니 댁에서 하숙했다. 사정이 어렵다며 번번이 하숙비를 깎아달라고 사정했고, 그때마다 할머니도 사정을 봐주었다고 한다.

그렇게 하숙비를 깎다가 나중에는 터무니없는 가격을 제시하며 만약에 들어주지 않으면, 자신은 차에서 잘 수밖에 없다는 말까지 했다고 한다. 할머니도 불쾌해했지만, 그 이야기를 전해 들은 나도 '본인의 편의를 위해 타인에게 손해를 강요하는 행동'이라며 그를 비난했다. 할머니와 나는 '차에서 잘 수밖에 없다'는 그의 말을 으름장으로 받아들였다.

그런데 휴게소에서 밤을 보내는, 주차장을 가득 채운 노숙인을 실제로 목격하고 나니 그의 말을 비로소 이해할 수 있었다. 물론 그에게 아이들 학교를 옮기고 좀 더 싼 동네로 이사해 식구가 함께 살면 되지 않냐고 말할 수도 있다. 하지만 사는 곳을 바꾸고 삶의 기준을 바꾸는 일은 쉽지 않다. 염치를 말하고 경우를 따지기에는 노력과 욕심의 경계가 모호하다.

16년째 이용하는 한인마켓으로 가는 고속도로 옆에서 텐트촌을 발견한 것도 최근의 일이다. 아이들 학교에 전학 온 시리아 학생들한테도 마음이 쓰인다. 학교는 난민인지 아닌지 밝히지 않았다.

2002년 누런 서류봉투를 들고 여느 때와 다를 바 없이 비행기를 탔을 뿐인데, 공항 입국장에서 이민자로 분류되면서 나의 영혼도 분갈이한 철쭉처럼 뿌리가 뭉텅 잘려나간 느낌이었다. 한국에 가도 미국에 있어도, 항상 불안감이 따라다녔다. 그 사이 내 안에 있던 거품도 빠져나갔다.

이민자 생활도 10여 년이 지날 즈음, 나는 '마이너리티로서 정체성 자각'을 이 땅에서 얻은 가장 값진 성과라 여겼다. 나 또한 누군가에게 무시당할 수 있는 수많은 사람 중 하나라는 점, 나보다 더 취약한 사람들과 한동아리가 될 수 있다는 넓어진 연대의식이 뿌듯했다.

미국이라는 땅에서 살아가는 취약한 이들의 다양한 사정이 하나하나 다가온다. 글을 쓰며, 내 안에 남겨졌던 잔상과 멍울을 퍼 올려 다독이는 사이 알아차린 세상의 힘과 관계의 밀도 속에서 마음의 터가 조금 다져졌나 보다.

잔뿌리에서 굵어지고 길어진 뿌리의 성장을 느낀다. 이방인이라 여기며 산 곳에 뿌리내릴 수 있다면, 어떤 곳에서든 가능하지 않을까. 한국도 미국도 딱 꼬집어 내 집이라고 규정할 수 없는 처지라 '이제 고향을 잃었구나' 하고 낙담했는데, 지금이야 말로 지구별을 고향 삼아 튼튼한 뿌리를 내리는 바오바브나무가 될 수 있지 않을까 상상한다.

분홍 조끼의 물결

·
·
·

502번 버스를 즐겨 탄다. 의왕시 월암동에서 출발해 서울시청을 끼고 돌아 한국은행에서 회차하는 노선이다. 친정집 앞 정거장에서 타면 뒷바퀴 쪽 좌석에 앉아 사대문 안까지 소풍 삼아 갈 수 있다.

그날은 어머니와 함께 남대문시장으로 향했다. 서울역 두 정거장 전쯤, 오후 4시도 안 되었는데 버스 전용 차선마저 주춤거리기 시작했다. 양쪽 길가로 관광버스가 늘어서 있었다. 어머니는 혀를 찼다. 데모를 하려면 주말에나 할 것이지 주중에도 올라온다며 핀잔이다. 얼마나 애가 달면 평일에 지방에서 왔겠냐고 대꾸하니, 어머니는 일당 받고 동원된 사람들이라고 단정했다. 아래층 할머니도 5만 원 받고 다녀온 적이 있다며 나의 동의를 바랐다. 버스는 예상보다 빨리 제 속도를 찾으며 시청 쪽으로 달렸다. 서울역 광장은 한산했다.

장보기는 생각보다 일찍 끝났다. 주문한 안경을 택배로 받기로 하고 어머니는 집으로, 나는 다음 약속 장소로 향했다. 안국역까지 걸었다. 종로를 지나 조계사 쪽으로 접어드니 다시 관광버스가 길가에 늘어서 있다. 이번엔 차벽을 쳐놓았다. 버스의 전면 유리창을 보고서야 시위 주체를 알았다. 학교 비정규직 노동조합이다. 경기 남부와 광주, 충청도 지부 차들이 그쪽에 있었다. 아침에 읽은 기사가 생각났다. 고등학생들이 "불편해도 괜찮아요"라고 적은 손 피켓을 들고 급식 노동자들을 지지하는 사진이었다. 그러니까 오늘이 바로 공공부문 비정규직의 파업 날이고, 전국 노동자대회가 열리는 현장에서 한 고개 너머에 내가 서 있다는 말이다.

안국동 로터리로 내려가자 순식간에 분홍 파도가 밀려왔다. 횡단보도에 초록 불이 들어오자, 분홍 조끼를 입은 사람들의 물결이 넘실댔다. 물결은 광화문 쪽으로 보도를 뒤덮으며 굽이쳤다. 순간 여학교 동창회장에 와 있는 것 같았다. 아는 얼굴이 있을 것만 같아 길을 걸으며 자꾸만 그이들의 얼굴을 살펴보게 되었다. 대부분 내 또래 여성들이다. 노동 연구 보고서에서 수치로만 보았던 현실을 거대한 인파로 확인했다. 내 여자 친구들이 직면하는 현실이 여기에 있구나!

한국 노동자 10명 가운데 4.4명이 여성이다. 그 여성노동자 10명 가운데 5.5명이 비정규직이다. 비정규직 중에서도 시간제 노동자가 다시 그 반을 차지한다. 여성노동자 10명 중 4명은 저임금노동에 종사하고 있다. 여성 노동자 5명 중 1명은 최저임금도 받지 못하며 일한다. 지금 내 또래의 다수는 비정규직 일터에 있다.

골목 안으로 몸을 옮겨 하염없이 지나가는 분홍 조끼의 물결을 보는데, 화강암 벤치에 앉아 부채를 부치던 할머니가 나를 불러 세웠다. 저이들이 다 어디에서 온 사람들이냐고 물으신다. 학교 비정규직 노동조합 조합원들이고, 그 안에는 급식 노동자와 방과후 돌봄교사들이 있다고 알려드렸다. 그리고 한마디 덧붙였다.

"할머니, 다 여자들이에요."

"그러네, 다 여자들이네."

신산한 탄식이 긴 바람이 되어 할머니의 입에서 나왔다. 부채질도 멈췄다.

엄마의 일

·

·

·

마포 이면도로 교차로, 오후 5시 45분. 마포대로로 좌회전하는 차들이 꼬리를 물고 나온다. 다행히 한가운데까지 들어와 교차로를 무용지물로 만드는 차는 없다. 딱 한 대 지나갈 공간을 이용해 대로를 등지고 언덕으로 진입하려는 순간, 덮개 없는 유모차가 차로로 들어섰다. 유모차보다 겨우 두 뼘 큰 노파가 유모차에 끌려오듯 나타났다. 등이 굽은 노파는 매우 느리게 몸을 끌고 길 가운데로 진입했다. 노파가 최선을 다하고 있음을 손잡이를 잡고 있는 두 팔의 잔떨림을 보며 짐작했다.

뒤차가 경적을 울렸다. 차는 출발했지만 생각은 노파의 굽은 등에서 좀처럼 떨어지지 않았다. 관성에서 벗어나기 힘든 우리 삶. 인간의 몸이란 한세월 그렇게 말려 관 속으로 귀착되는 것인가. 어머니가 염불처럼 하시는 말이 떠올랐다.

"인생 한순간이더라."

너무 애쓰지 말라는, 일하는 딸에게 안쓰러운 마음으로 전하는 당부이기도 하고, 그래도 본분은 가정주부라는 세계관을 상기시키는 압력이기도 하다. 인생 한순간이라 말하는 팔순 어머니와 함께한 40여 년의 시간 동안 나는 어머니와 부딪쳤던 무수한 날들을 읊어낼 수 있다. 어머니는 자신의 의지를 자식과 남편에게 강요하며 살림을 윤택하게 꾸려갔고, 어려운 고비도 넘겨내며 그에 따른 자유와 지위도 누렸다. 가부장제하에서 '알파'의 위치를 획득했고, 중년의 고개를 넘으며 연장자의 지위와 가정의 경제권을 거머쥔 채 가부장제 속 가모장家母長의 권력을 행사했다. 다만 가부장제에서 여성이 누리는 알파의 위치는 심한 피로가 뒤따른다. 가부장제를 떠받들어야 유지되는 지위이기에 가사노동을 완벽에 가깝게 해내야 했고, 조상과 남편과 아들로 이어지는 생물학적 남성의 권위를 세우고자 그들의 행동과 의도를 이상적으로 포장해야 했다. 이중 잣대 속에서 피로는 누적되고 태도는 강해질 수밖에 없었을 것이다. 탈가부장제를 상상할 자원을 갖지 못한 시절을 살아야 했기에, 어머니는 자신의 바람대로 움직이지 못하는 타인을 질책하며 스스로 긴장의 끈을 팽팽히 조였을 것이다. 등 굽은 노파가 불러낸 모정에 대한 연민은 현실 모녀 관계 속에서 복잡해져 버리고 말았다.

한국에 오기 전, 잠자리에서 등을 긁어달라는 열두 살 딸의 요청에 꼬치에 양념 바르듯 온 등을 야무지게 쓸어주니 스르르 맥을 놓는다. 잠결에 딸아이가 물었다.

"엄마는 내가 좋아, 일이 좋아?"

"당연히 우리 딸이 좋지."

"아빠는 엄마가 일을 더 좋아한대."

나는 그렇지 않다고 정성껏 대답해주었다. 아이는 내 말을 믿었고 금방 잠이 들었다.

젖을 물리던 시간, 나는 아이의 밥통이었다. 밥통은 밥을 만들기 위해 더 마시고 더 먹어야 했고, 1시간 반 이상은 아이한테서 떨어질 수 없었다. 아이가 이유식을 할 때쯤 하루 2시간 정도 나를 위한 시간을 허락받았다. 잠투정이 심한 아이는 내 등에 업혀 낮잠을 잤고, 10분, 15분씩 생기는 모든 자투리 시간을 모아 책을 번역했다. 그리고 서구의 대안 문화를 찾고자 취재에 나섰다. 한국에서 방송 일을 하며 만났던 여러 어른한테서 은연중에 받았던 감화를 떠올리며, 큰아이 손을 잡고 작은아이는 품에 안고 찾아갔던 취재처도 있었다.

딸아이가 다섯 살이 되고 드디어 스스로 똥을 닦는 그 엄청난 성장을 이루어낸 2012년에 첫 장기 기획을 했다. 세계 30여 개국에서 총선과 대선이 이어지고, 한국에서도 대선이 치러지는 격변의 시간이었다. 두 번의 당일치기 출장과 다섯 번의 장거리 인터뷰 출장을 떠났다. 그럴 때마다 한밤에 자다 깬 아이를 달래는 일은 남편의 몫이었다.

2002년 미국으로 이주했을 때 〈NBC 뉴스〉에서 새로운 풍속도라며 특집 기사가 나왔다. 사회에서 경력을 쌓은 여성들이 자발적으로 직장을 그만두거나 파트타임 업종으로 전환하고 육아에 전념한다는 내용이었다. 인터뷰에 응한 전문직 출신의 여성들은 월스트리트나 실리콘밸리에서 탈출했고, 최고의 교육과 풍부한 경험으로 쌓은 자신의 자질을 기업이 아닌 아이를 위해 사용하겠다 밝혔다. 물론 이 기사는 또 다른 진실을 외면했다. 이미 20세기 말부터 외벌이로는 이전 세대가 누렸던 안정적인 가정경제를 유지할 수 없는 현실을 말하지 않았다. 외벌이로도 생활을 유지할 수 있는 그들은 매우 특별한 경우라는 것을.

우리 집에서 외벌이로 양질의 밥상과 입성을 갖추기 위해 내 노동은 절대적이었다. 발품을 팔아야 했고 아껴야 했다. 삼시 세끼 밥을 짓고 아끼는 일이야 지구를 위한 위대한 실천인 까닭에 진력나지 않고 기껍게 해낼 수 있었다. 하지만 지독히도 단속해야 하는 사회적 인정 욕구는 곯고 곯을 수밖에. 부엌과 마당에서 아이들의 몸 구석구석을 싸고도는 나의 손발이 하는 우아하고 지성적인 노동을 '일'로 인정하지 않는 현실에서, 소외감을 떨치지 못한 채 불의한 구조를 뼈저리게 실감했다.

몇몇 특별한 사회를 제외하면, 인류 문명은 여성의 노동을 마땅하고 숭고한 돌봄이라 치켜세우며 소외시키고 소비해왔다. 그걸 알면서도 딸의 질문은 아직 명치에 걸린 채 그대로 있다. "아빠는 엄마가 일을 더 좋아한대"에서 '일'의 범위는 어디까지인가. 20년 뒤 내 딸은 과연 어느 범위까지 일을 일로 인정받을까.

아이를 낳고, 호르몬의 영향이었겠지만, 잠을 이루지 못했다. 어미로서 체득한 사주 경계 본능은 3, 4초마다 달리다 서서 사방을 경계하고 다시 달리는 들토끼나 청설모와 다름없었다. 글을 쓰는 시간은 1시간의 수면을 덜어내어 종사하는 '일'이다. 온종일 부엌을 맴도는 시간은 '일'로 인정받지 못했지만, 잠을 덜어 신경을 갉아낸 시간은 돈으로 환산되어 아이들의 레슨비가 되고 나의 노동을 줄이는 외식비가 되었다. 시장이 거슬러준 노동의 값은 달았다.

무엇이 큰일이고, 무엇이 작은 일인가? 내 안에서 변화가 일었다. 집안일과 바깥일의 경계가 허물어졌다. 사회적 인정과 아이들의 인정, 나 자신의 인정 사이의 경계가 사라졌다. 나의 세계관을 촘촘히 엮어주는 일이 아이를 키우고 나와 가족의 일상을 돌보는 일 속에서 오히려 생생히 살아났다. 여자 화장실 밖에 혼자 서 있는 사내아이 옆에서 아이의 엄마가 나오기를 함께 기다리고, 아들의 무슬림 친구가 혹시나 당할 혐오를 염려하며 학교 방침을 점검하는 일은 공감의 감각을 발달하게 했다.

그나저나 아이의 질문은 아이한테서 나온 것일까. 그랬다면 나의 말을 철석같이 믿고 나를 끌어안고 곯아떨어질 수 있었을까. 아이의 질문은 남편의 한마디에서 발화했을 수 있다. 남편의 질문은 세상의 통념을 옮긴 인식일 수 있고, 어쩌면 '나는 일하기 싫은데 엄마는 일을 참 좋아한다'는 표현이었을 수 있다.

나는 왜 그 짧은 대화에 체기를 느꼈을까? 내 안에 잠재된 부채의식이 드러났기 때문이다. 저 앞에 저리 주절댄 것도 내 안에 혼재된 사회 통념, 가부장제적 의식의 발로였다. 팔순 노모가 딸이 자신의 일을 하길 바라면서도 주부와 며느리의 본분을 상기시키는 것과 '나는 일, 가정 다 잘해요!'라고 뽐내는 건 농도만 다를 뿐, 가부장제 속 여성의 자기모순일 따름이다.

겨우 나를 들여다보는 지금, 딸아이가 "엄마, 힘내요!"라며 입을 맞추고 간다. 딸은 20년 후 자신의 딸에게 어떤 질문을 받을까. 그때 쯤엔 큰일, 작은 일, 바깥일, 집안일의 경계가 사라지고 각자의 일상을 존중하게 되면 좋겠다.

2
묻다

첫 질문

．

．

．

2013년 12월 9일 11시, 재러드 다이아몬드가 허락한 시간에 그의 집 대문 앞에서 초인종을 누르자 도르래가 달린 철문이 반원을 그리며 미끄러지듯 열렸다. 그를 만나러 오는 미디어의 스태프들은 주로 한 무리였나 보다. 양어깨에 비디오카메라를 장착한 삼각대와 사진기를 둘러메고 정원 안으로 들어갔다. 현관 앞에 마중 나온 붉은 벨벳 슈트 차림의 재러드 다이아몬드는 낯선 풍경을 만난 듯 정지된 느낌이었다. '문명의 붕괴'라는 거창한 주제를 가지고 홀로 등장한 취재팀은 지금껏 없었나 보다. 로스앤젤레스의 겨울 태양이 노랗게 달아올랐다.

나의 인터뷰는 인터뷰이와 단둘이 마주 앉아 눈 맞춤을 이어가는 몰입의 시간이다. 통역사와 함께했던 다섯 번의 인터뷰 때도 눈 맞춤을 놓지 않았다. 통역이라는 징검다리가 놓이는 동안에도 집중의 끈을 당기지 않으면 대화는 순식간에 겉돌게 되고 서로의 사고는 습관적인 수준에서 맴돌 수 있다.

한 공간에 들어와 있는 우주의 개수도 조절했다. 인터뷰이가 같은 공간에 있는 이들의 이목을 의식하며 말하지 않도록 최소한의 인원으로 한정했다. 함께하는 사람이 한 명이라도 늘면 인터뷰이의 집중은 달라졌다. 에너지도 달라졌다.

인터뷰 공간에 있는 사람을 최소로 하지 않으면, 공개방송 수준의 대화에 머물게 된다. 인터뷰 시간은 나와, 그리고 내가 끌어안고 들어간 독자라는 은하계와, 인터뷰이가 함께 한 편의 에세이를 쓰는 장이다. 둘의 대화가 문장으로 전달될 수 있도록 밀도를 만들어내지 않으면, 참선하듯 또는 매직아이를 보듯 몰입하지 않으면, 질문과 답은 인터뷰이가 발표한 책을 읽는 것보다 못할 수 있다. 대단한 사람을 만났다고 해서 쓸모 있는 인터뷰가 나오는 건 아니다.

2월의 보스턴은 눈 덮인 경주 같았다. 모퉁이마다 왕릉처럼 쌓인 눈 더미가 도심의 레이아웃을 바꿔놓았다. 하버드대학 건물도 두툼한 눈 뭉치를 이고 있었다. 지붕 위에서 얼어붙은 눈이 햇살을 반사하며 빛을 뿜었다.

약속 시각보다 30분 이른 1시 반에 심리학과 건물인 윌리엄 제임스홀을 찾았다. 15분 전, 준비를 마치고 스티븐 핑커의 연구실 문을 두드렸다. 조용하다. 복도를 한 바퀴 돌아 발견한 조교에게 물으니 그는 건물 밖으로 나갔다고 했다. 별수 없이 복도 소파에 걸터앉았다. 엘리베이터 문 위에 걸려 있는 동그란 시계를 올려다보면서 돌아가는 비행기 시각과 만일에 생길 변수를 계산했다. 1시간은 기다릴 수 있다는 답이 나왔다.

몇 날을 궁리한 질문을 알사탕처럼 입안에서 굴려보았다. 그의 말은 우리 대화를 어디인가로 데리고 갈 것이다. 인터뷰에 늘 도사리고 있는, 실제로 인터뷰하기 전까지는 알 수 없는 방향성이다. 첫 질문 전에 어색함을 풀기 위해 던지는 의례적인 덕담이나 인터뷰 공간에 놓인 소품에 대한 사소한 품평마저도 때로는 대화를 뒤틀어버린다. 그래서 나는 첫 질문과 녹음기만 준비해 간다. 첫 질문조차 바뀔 때가 있지만.

물론, 그 첫 질문이 나오기까지 내 안에서는 무수한 시나리오가 쓰였다 지워지기를 반복한다. 그런 다음 버려져 나온 것이 첫 질문이다.

2시 정각, 엘리베이터 문이 열렸다. 명주실 같은 머리칼을 날리며 스티븐 핑커가 걸어 나왔다.

그의 방 책꽂이 선반에 유리병에 든 인간의 뇌가 놓여 있다. 그에게 아는 사람이냐고 물으니 아니라고 했다. 다만 "지금은 각별한 사이"라고 덧붙였다.

"19년 동안 심리학을 안내하는 대규모 강의실에 함께 입장했으니까요."

그에게 첫 질문을 건넸다.

"마음은 어디에 있나요?"

잠시 침묵 후 그가 목을 앞으로 빼며 말했다. 그의 손가락은 포르말린에 잠긴 지금은 각별한 사이가 된 뇌를 가리켰다.

"마음은 뇌의 활동입니다."

그와 나는 첫 실을 뽑아 마음에 대한 우리의 에세이를 자아갔다.

삶과 삶이 만나다

·

·

·

2010년 11월 2일, 행위예술가 마리나 아브라모비치가 사는 뉴욕 아파트를 찾았다. 마리나가 일러준 대로 5층이라고 표시된 초인종을 누르자 문이 열렸고, 계단 꼭대기에서 "끝까지 계속 올라와요"라는 말이 쏟아져 내려왔다. 잠옷 바람의 마리나였다. 막 유럽 일정을 마치고 돌아왔는데 폐렴에 걸려 몸을 일으킬 수 없을 정도라고 했다. 의사의 경고를 무시하고 강행군했기 때문이라고. 그날의 모든 일정을 취소했지만 캘리포니아에서 밤새 날아올 나를 생각하니 차마 인터뷰를 취소할 수는 없었다고 했다.

내가 기억하는 마리나 아브라모비치는 치유사다. 736시간 30분 동안 의자에 앉아 자신과 마주 앉은 관객 1545명의 고통을 다 받아내고 그들을 평화로이 해방해준 치유사. 그랬던 그녀가 땀으로 범벅되어 신열이 올라 있었다. 자신은 '프로'라며 인터뷰를 시작하자 했다. 나는 그보다 손을 주물러주겠다고 제안했다. 예전에 아버지께서 내가 아플 때마다 해주시던, 그저 마음만 앞선 주무르기였다. 그래도 효과가 있었는지 마리나의 얼굴에 붉은빛이 돌아왔다.

우리는 침대에서 인터뷰를 해야 했다. 예상치 못한 상황이었다. 준비해간 노트를 폈지만 글자가 눈에 들어오지 않았다. 나는 어릴 적 아버지가 손을 주물러주셨던 이야기를 시작했다. 그리고 전쟁 세대이자 실향민인 나의 부모와 전시회 도록에서 본 그녀의 부모 이야기를 했다. 마리나의 부모는 제2차 세계대전 당시 빨치산 지도자였고 유고슬라비아 건국의 주역으로 '국민영웅' 칭호를 얻었다.

마리나에게 물었다. 간신히 열만 내린 상태인데도 웃으며 인터뷰하는 당신에게서 강인함이 전해지는데 발칸 반도의 열정이냐고. 동양과 서양의 문명이 충돌했던 곳이기 때문인지 발칸에는 격정이 있어 보인다는 나의 말에 그녀는 "그것은 광기"라고 했다. 대화는 반도의 기질, 한반도와 발칸 반도, 지정학적 요동, 땅과 합일해 살아가는 사람들의 몸 이야기로 이어졌다. 몸의 성적 기관을 포르노그래피가 아닌 다른 관점으로 해석한 퍼포먼스 시리즈에 대해서도 물었다. 자연의 일부로 생존해온 인간의 몸, 그 몸의 생명력을 불안으로 잠식되어가는 21세기 현대인들에게 들이밀며 자신의 본질과 마주하도록 한 그녀의 작업에 대해서.

인터뷰는 1시간 반 넘게 노래처럼 굽이쳤다. 옅은 한숨이 범벅된 진양조 가락이었다가 탄성을 지르며 자진모리 가락으로 치달았다. 마침내 마리나 아브라모비치는 나지막이 말했다.

"내가 바뀌어야 세상이 내게서 이로움을 얻습니다."

나는 녹음기를 멈추었다. 레코드 버튼의 빨간 불빛도 사라졌다.

우리가 붙잡고 있던 집중이 풀어진 게 전해졌는지 한 여인이 세르비아 말로 인사를 전하며 들어왔다. 마리나의 고향 사람이었다. 마리나는 "죽을 끓이니 같이 한술 뜨자" 했다.

마리나 아브라모비치의 메시지는 4년 뒤 문명을 진단하는 기획을 하던 중에 내 안에서 다시 활성화되었다. 개인의 의식을 깨워 세상을 바꾸고자 하는 현대미술가의 이야기를 전하고 싶었다. 우리가 느끼는 사회적 위협의 실체나 구조의 덫을 파헤치는 이야기 대신 모든 사회 변화의 시작이자 완성을 책임지는 개인의 각성을 이야기하고자 했다.

2014년 3월 13일, 다시 마리나 아브라모비치와 마주 앉았다. 두 번째 인터뷰였다. 마리나는 4년 전보다 훨씬 바빠진 일정을 소화하고 있었고, 그녀의 사무실은 스튜디오와 별개로 맨해튼 5번가의 빌딩 한 층을 사용하고 있었다. 영화 작업도 활발하게 하고 있었다. 인터뷰를 마치고 나오는 길에 그녀가 작업한 퍼포먼스 이미지를 사용하기 위해 미디어 담당자를 만났다. 그는 바로 서랍을 뒤지더니 책 한 권을 꺼내 보여주었다. 4년 전에 내가 보낸 《월간미술》이었다. 그때 커버스토리로 실렸던 마리나 아브라모비치 인터뷰를 영어로 번역해 함께 보냈는데, 마리나가 번역본을 읽고는 모두에게 주목하라는 듯 원고 뭉치를 높이 들고 흔들었다고 했다. 그러곤 큰 소리로 말하길 "내 인터뷰는 마땅히 이렇게 해야지!"라고 했다고.

상을 받은 듯 행복했다. 그리고 안도했다. 내게는 '인터뷰란 무엇인가?'라는 풀리지 않는 의문이 항상 자리 잡고 있었고, 잘하고 있는 건지 알 수 없어 많은 책을 읽고, 자료를 뒤지고, 다양한 장면의 발언들을 찾아보며 답을 찾으려고 했다. 절대 잠들지 않는 불안이었다. 그 불안의 큰 조각이 뭉텅 떨어져 나간 것 같았다.

오후 4시, 7시간 전에 도착했던 공항으로 다시 돌아왔다. 집으로 데려다줄 비행기를 기다리는 동안 봄날 아지랑이처럼 이런저런 생각이 피어올랐다.

인터뷰는 삶과 삶의 만남이다. 굳이 뭔가를 더 하려고 애쓰지 않아도 된다. 좋은 인터뷰를 하겠다는 욕심을 내려놓고 그저 내 안으로 침잠해 들어가 본질에 집중해야 한다. 사람과 사람의 만남은 상대적인 경험을 만든다. 마리나 아브라모비치라는 사람을 인터뷰하는 사람이 농부이거나 사회학자이거나 무용가일 때, 두 사람의 대화의 결은 달라질 것이다. 인터뷰이가 누구든 자기 본연의 자세로 집중해 들어간다면, 상대의 내면에서 올라오는 집중된 답을 듣게 된다. 자신의 삶에 안착해 대화할 때, 귀는 열리고, 활기는 올라오며, 상대는 본연의 모습으로 질문자와 조우한다.

봄날 아지랑이처럼 피어올랐던 그 생각 이후, 나는 있는 그대로, 모자라면 모자란 대로, 그 순간의 진실에 다가가겠다는 마음으로 인터뷰이를 만났다. 준비가 부족하다고 시험을 앞둔 아이처럼 조바심치기보다는 '나의 삶이 다른 이의 삶과 만나는 이 시간'은 이미 오래전부터 준비되어 있었다는 점을 기억하자고 다짐했다.

들으러 가다

.

.

.

　2011년 12월 21일, 젠 마스터 리처드 슈로브(우광선사)를
인터뷰하러 뉴욕에 갔을 때다. 그날 나는 지하철을 타고 맨해튼
시내로 들어갈 계획이었다. 시간을 넉넉히 두고 출발했어야 하
는데 그러지 못했다. 지난 3년 동안 다섯 번 방문했던 뉴욕의 지
하철은 공사 때문에 역이 폐쇄되는 경우가 잦았고, 그날도 공사
로 역이 폐쇄되어 시내에 들어가기도 전에 약속 시각이 지나고
말았다. 리처드 슈로브는 심리치료사다. 인터뷰를 마치기도 전
에 그의 내담자가 방문하는 시각이 되지는 않을지, 조마조마했
다. 머릿속은 온갖 핑곗거리와 그가 내게 시간을 내줘야만 하는
그럴듯한 구실을 찾느라 분주했다. 그럴수록 늑장 부린 내 행위
만 분명해졌다.

맨해튼 중심지 리처드 슈로브의 사무실이 입주해 있는 건물 안으로 뛰어 들어갔다. 엘리베이터에서도 숨을 헉헉거렸다. 문이 열리고 찻주전자를 들고 걷던 리처드 슈로브와 맞닥뜨렸다. 눈이 마주치자 동시에 내 입이 열렸다.

"미안해요. 제가 일찍 나왔어야 했어요."

그는 알고 있다는 듯, 편안하게 웃으며 오후 시간에는 내담자와 약속을 잡지 않았다고 했다. 마천루 속 그의 사무실은 성소처럼 정갈했고 찻물 끓는 소리가 자글거리고 있었다.

그해 9월부터 월스트리트를 달구던 오큐파이 운동의 기운이 남아 있던 때라 요즘은 무엇에 대해 명상하는지 질문했다.

"세상에 있는 많은 고통을 바라봅니다. 전쟁과 살인, 사람들은 더 빼앗으려 하고, 국가는 다른 국가를 제압하고…. 이런 모든 일에 관심이 있습니다."

답을 찾았냐고 물었다. 그는 한 사람이 고요를 발견하면 세상은 그만큼 더 고요하게 되고, 한 사람이 조금 더 명료해지면 세상은 그만큼 더 밝아진다고 했다. 그 순간 그와 내가 있는 공간이 조금 더 고요해졌다. 마음이 가라앉았다. 다시 긴장의 끈을 조이고 질문했다. 세계 여러 나라에서 수행을 이끌어달라는 요청을 받는데, 그 많은 사람들을 어떻게 이끌고 있는지 비법을 물었다.

"당신은 지금 무엇을 하고 있습니까?"

그가 내게 질문했다. 답을 해야 하는 그가 오히려 내게 물은 것이다. 순간 멍해졌다. '내가 물었잖아요'라고 받아치기에는 그가 만든 고요가 나의 저항을 무력하게 했다. 서둘러 답을 뒤졌다. 질문거리 챙기기에만 급급했던 때다. 이어지는 침묵에 진땀을 빼다 엉겁결에 내 입이 말했다.

"듣고… 있잖아요."

그랬다. 나는 들으러 갔다. 물론 물으러 갔지만, 묻기 위해 나는 들어야 했다.

그 순간은 두고두고 가슴에 남아 있다. 이후 몰아치듯 진행한 인터뷰 시리즈 속에서 긴장이 정수리 꼭대기까지 치고 올라갔을 때 뒤적뒤적 꺼내 본다. '삶과 삶이 만나는 것이다'와 함께 '들으러 가는 것이다. 듣고 물으면 된다'를 주문처럼 되뇐다. 가벼워진다.

손편지

· · ·

숱한 이메일로 만남을 이어오다 생경한 경험을 했다. 바로 웬델 베리에게 닿는 131일이었다.

2013년 12월 13일, 이메일 대신 손편지를 한 통 썼다. 웬델 베리는 이메일을 사용하지 않기 때문에 우체통으로 건네는 편지를 쓰게 되었다. 웬델 베리는 자연을 파괴하는 전력 산업에 저항하는 뜻에서 60년이나 된 타자기를 사용해, 그것도 낮에만 글을 쓴다는 이야기를 전해들었다. 그래도 설마 하는 마음에 인터넷을 뒤져 보았다. 웹 검색으로 이메일 찾기에 실패하면 마지막에 혹시나 하며 들어가 보는 곳이 옐로 페이지yellow page인데, 우리식으로 하면 전화번호부 사이트다. 웬델 베리가 사는 동네와 그의 이름을 넣으니 주소가 나왔다. 그러나 수신을 확인할 수 없는 우체국 사서함 주소였다. 수신자가 우체국에 가서 우편물을 찾는 방식이다. 그에게 전달되려면 한참 걸리거나 전달이 안 될 수도 있겠다는 조바심이 들었다. 환경운동으로 유명한 분인 데다, 영어권을 대표하는 작가니 그를 기리는 뭔가는 있겠지 싶어 여러 키워드로 다시 웹 검색을 했다. 그의 이름을 단 문화원이 나왔다. 전화를 거니 직원의 부드러운 안내가 나를 다시 원점으로 되돌려 놓았다. 웬델은 오직 사서함으로 보내는 편지만 받는다고. 행운을 빈다는 말도 덧붙였다.

사서함 주소로는 DHL도, 우체국 특급우편도 보낼 수 없다. 오로지 47센트 우표 한 장으로 가는 보통우편만 가능하다. 분홍색 한지 봉투에 손편지를 담았다.

한 주가 가고 두 주가 지나도 웬델 베리로부터 답신은 오지 않았다. 연말이 되었다. 미국의 온 우체국이 우편물 보내는 행렬로 가득 차는 크리스마스 시즌이 되자 답신을 기대하던 마음은 체념으로 녹아내렸다. 그의 사서함에는 얼마나 많은 편지가 쌓일까.

해가 바뀌고 또 한 달이 지나갈 즈음 하얀 편지봉투가 배달되었다. 겉봉투에 손으로 쓴 우리 집 주소와 내 이름이, 편지지에도 손글씨가 흐르듯 적혀 있었다. 웬델 베리였다.

"내가 많이 바빠요. 겨울에는 책을 마무리해야 합니다. 4월이 다 가기 전에 만나면 좋겠다고 했죠? 그럼 우리 오는 4월 어느 일요일 오후 3시에 만날까요?"

정확한 날짜는 다시 연락하겠다고 했다. 편지를 받은 날은 1월 21일, 우리 집 마당 늙은 자목련이 꽃을 피우려 봉오리로 물을 끌어 올리고 있을 때였다. 4월 어느 일요일 오후 3시면 자목련이 붉게 피었다가 떨어진 뒤 초록 잎까지 한 뼘 자라 있을 때다. 꽃이 피었다가 질 때까지의 기다림.

3주 후 다시 편지가 왔다. 인터뷰 날짜를 정해주었다. 시간과 위치 등을 확인하기 위해 몇 번 더 편지가 오고 갔다. 마치 대학 시절 학보를 보내고 기다리던 시간 같았다. 그보다 훨씬 오래전 부여에 계시는 아버지께 편지를 쓰던 유년의 서울 변두리 저녁 풍경도 떠올랐다. 웬델에게 보내던 손편지는 그렇게 잊었던 서정을 깨워주었다.

2014년 4월 12일 토요일, 이웃집에 마실가듯 운동화를 신고 길을 나섰다. 다음날 오후 3시에 약속된 인터뷰를 위해 6시간 비행길에 올랐다. 대륙의 서쪽 끝에서 동쪽 끝으로 가는 여정이다. 켄터키주 시골에 사는 농부를 찾아가는 길이라 그런지 소풍을 떠나듯 홀가분했다. 가방에는 숙소 도착 후 찾아올 허기를 달래줄 컵라면 하나.

섭외

· · ·

만날 수 있었던 까닭은 단순하다. 연락했기 때문이다. 처음에 월간지에 나갈 인터뷰로 섭외를 할 때 함께 일하던 선배 작가가 물었다. "뭐라고 말하고 섭외하니?" 거침없이 답했다. "《불교문화》에 싣는다고." 선배는 어이없어했다. 밴쿠버 콘퍼런스에서 미하이 칙센트미하이와 존 카밧진을 인터뷰하고 막 돌아왔을 때였다.

솔직히, 명망가에게 연락하는 일이 내게도 쉽지는 않다. '과연 응해줄까?'라는 의구심이 없었을 리 만무하다. 하지만 나는 나와 관계 맺고 있는 미디어에 대한 신뢰가 있다. 발행 부수로 치면 〈뉴욕타임즈〉나 〈가디언〉에 견줄 수도 없지만, 그들은 정성을 다하고 있고, 독자의 신뢰를 받고 있으며, 해야 할 일을 하고 있으니까. 그리고 나는 개인적인 만남을 제안한 것이 아니라 독자를 대신하는 역할이었기에 연락할 자격이 있다. 그것이 소위 언론인이라 불리는 사람이 누릴 수 있는 단 하나의 자격일 것이다.

2001년 9·11 테러 때에도 시사 프로그램의 담당 피디로서 밤 12시부터 새벽 4시까지 한국에 있는 대외 정책 전문가들, 경제 전문가들에게 서슴없이 전화 버튼을 눌러댔다. 미하이 칙센트미하이와 콘퍼런스홀 한쪽에 있는 비품실에서 무릎을 맞대고 인터뷰하던 2010년에도, 그곳이 서울 시내가 한눈에 내려다보이는 유리창으로 둘러싸인 회의실은 아니었지만(나중에 어느 일간지에 실린 한국 방문 당시 미하이의 인터뷰 사진이 그랬다) 별 상관없었다. 물론 미하이도 아랑곳하지 않고 몰입했다.

인터뷰이의 이메일 주소는 웹 검색을 통해 찾아낸다. 석학들의 경우 대부분 연락처가 공개되어 있다. 학교에 적을 두고 있는 이들이 많기 때문이다. 아티스트들은 갤러리에 소속된 경우가 많아 갤러리로 연락해 개인 이메일을 받았다. 메리언굿맨 갤러리에는 내가 좋아하는 크리스티앙 볼탕스키, 아네트 메사제, 윌리엄 켄트리지 같은 현대미술 작가들이 소속되어 있다. 마루야마 겐지, 지그문트 바우만, 장쉰은 한국의 출판사에 연락해 작가의 해외 에이전시와 연결했다. 이들의 본국 출판사들은 전화를 걸면 대부분 자동응답기가 응대한다. 직원이 받는 경우는 거의 없다. 그래도 자동응답기에 용건을 남기고, 하 세월이 걸려 연결된 경우로 리베카 솔닛을 꼽을 수 있다. 영화배우 줄리엣 비노쉬와 급작스레 인터뷰 일정이 잡혀 차를 몰아 산타모니카로 내려가는 도중에 메시지를 받았다. 나는 줄리엣의 매니저일 거라 여기고(그이와 연신 메시지를 주고받았기에) 회신하지 않았다. 집에 돌아오고도 왕복 14시간 운전에 녹초가 되어 이틀 뒤에나 확인하고 전화를 했다. 리베카의 에이전시였다. 그러고 보면 그들이 내 답신을 받는 데 하 세월이 걸린 셈이다. 이렇게 가슴 졸이는 시간들을 보낸 후 만남이 확정되는 순간에 누리는 희열은 배가 된다.

섭외 성공의 전조를 알리는 답신의 기쁨이라면 2014년 1월 17일 오후 2시 45분을 잊지 못한다. 섭외용 이메일 착신 알람을 미뉴에트로 설정해 놓았다. 내 휴대전화는 와이파이가 되는 곳에서만 데이터를 확인할 수 있도록 설정해놓았는데, 아이들을 학교에서 데리고 집 앞 와이파이 존으로 들어서는 순간, 차가 멎기도 전에 전화기에서 미뉴에트가 흘러나왔다. 드디어 촘스키한테서 답이 왔구나 감이 왔고, "아악!" 소리가 터져 나왔다. 초등학교 2학년, 4학년이던 아이들 눈이 휘둥그래져서는 "엄마, 괜찮아요?" 했다. 너무 괜찮았다. 아니 숨넘어갈 듯 좋았다. 이메일을 여니 촘스키였다!

내 이름도 생략된, 자신의 서명까지 포함해 다섯 줄뿐인 회답. 알려준 이메일 주소로 일정을 잡는 베브에게 다시 이메일을 쓰라는 당부였다. 당신이 그녀에게 연락하라고 제안했다는 것을 확실히 언급하라는 말도 적혀 있었다. 이미 2년 전에 촘스키와 인터뷰했던 경험이 있던지라 그의 인터뷰 일정이 얼마나 촘촘하게 짜여 있는지 알기에 답이 오지 않더라도 어쩔 수 없다고 내심 위안하고 있던 차였다. 그는 세계 각지에서 오는 섭외 요청을 받아두었다가 분기마다 일정을 정해 집중해서 답을 하는 것 같았다. 그만큼 그를 찾는 언론과 단체가 많다는 뜻이다.

2년 전 1월 베브한테서 2월부터 3월까지 한 달 정도 열어놓은 일정이 있고, 여러 번 요청한 내게 처음으로 날짜와 시간을 고를 수 있도록 배려한다는 이메일을 받았다. 아이들 돌볼 일정을 남편과 조정하고 다음 날 이메일을 보냈는데, 그 사이에 그 일정도 다 차서 애초에 예정한 2월 일정이 아닌 3월 일정을 받아야 했다.

2014년, 세계를 한순간에 위태롭게 만들 수 있는 화약고인 한반도를 동북아시아 정세를 넘어 큰 그림으로, 평화의 의제로 짚어보고자 했다. 놈 촘스키가 떠올랐다. 미국의 힘이 뻗치는 중동, 유럽, 남미, 아프리카에 대한 깊이 있는 정세 분석 속에서도 동북아시아에 갖는 그의 관심과 오랜 성찰을 직접 확인했기 때문이다. 하지만 연락을 했던 때는 이미 그의 상반기 인터뷰 일정이 마감된 후였다. 그런데도 약속이 잡힌 것이다. 바로 다음 주였다. 석 달 전에 잡혔던 과거의 약속과 대비되었다. 그만큼 한반도의 통일을 염원하며 세계 평화를 이루고자 하는 그의 관심과 헌신이 컸다.

1월 31일 금요일 이른 아침, 놈 촘스키 사무실에 도착해 비디오 촬영 세팅을 마치자 그가 출근했다. 베브가 커피를 가지고 들어왔다. 어쩌면 내게 긴급하게 내준 시간은 일과가 시작되기 전 커피를 마시며 하루를 계획하는 시간이었을지도 모른다. 첫 질문을 던졌고, 그는 커피를 마시는 대신 답변에 몰입했다. 그의 두 손에 들린 머그잔에서는 연신 뜨거운 김이 올라왔다.

한동안 궁금했다. 왜 나를 만나줄까? 텔레파시가 있나? 결과는 투호와 같았다. 항아리에 화살을 던져 집어넣는 전통 놀이 말이다.

나는 섭외 편지에 내가 할 질문을 모두 담아 보낸다. 왜 지금 당신을 만나야 하며, 한국의 독자는 왜 당신의 말을 듣고 싶은지, 나는 당신을 어떻게 생각해왔으며, 그래서 나는 무엇을 물을 것인지를 편지 한 통에서 확인하도록 써 보낸다. 그래서 한동안은 내가 편지를 잘 써서 만나주는 게 아닐까 생각했다. 그래서 더 공부하고 핵심을 잡아 질문하려 애썼다. 하지만 진실은 이것이 아닐까. 그들은 오랜 시간 동안 세상에 자신의 견해를 내놓았다. 그들의 답에는 이미 방향성이 존재하고 있었다. 그러니 만남이 성사된 건 그들이 아닌 내가 응답했기 때문일 수도 있다. 그들이 말하고 싶어하는 바로 그 지점에 나의 질문이라는 화살이 들어갔기 때문에. 그리고 내가 한 질문을 매개로 다수의 요구에 화답하고자 하는 의지가 일어났을 것이다.

인터뷰이가 말하고자 하는 방향과 나의 질문이 들어맞을 때 만남은 성사된다. 그러기 위해 장치하는 몇 가지 팁은 있다. 시간을 내는 부담을 줄이도록 '1시간의 만남'을 제안한다. 물론 한국의 어느 언론에 대담이 나가는지도 밝힌다. 그리고 나의 신상을 공개한다. 그동안 나는 무슨 일을 했는지, 왜 미국에서 이민자로 사는지, 검색하면 알 수 있는 기관에서 일하는 남편의 이름까지 공개한다.

단 한 번의 편지에 모든 것을 쏟아부었다. 섭외에 응하든 그렇지 않든, 어떤 내용을 다루는지 알 수 있도록 다 적었다. 다행히 2014년부터는 나를 소개하는 내용에 개인 신상은 간략해질 수 있었다. 그동안 해왔던 인터뷰가 내 의지가 나아가는 방향을 보여주리라 여겼기 때문이다.

질문에는 진심이 담겨야 한다. 인터뷰이의 말이 가슴에서 진하게 올라오게 하려면, 또는 인터뷰이가 자신의 온 지식과 경험과 통찰을 샅샅이 동원해 답을 말하도록 하려면, 질문에 '나의' 절실함이 담겨 있어야 한다. 그리고 그 절실함은 고통의 현장과 연결되어야 진정성을 갖는다. '누구의 궁금함을 묻고자 하는가?' '누구와 함께 있는가?'를 빈번히 자문할 수밖에 없는 까닭이다.

나의 질문이어야 한다. 나의 물음이 무르익고 무르익어, 마치 술이 익어 기포가 올라와 병뚜껑이 덜걱거리기 직전에 도달하는 것처럼, 간절함이 담겨야 상대는 몰입해서 찾아낸 답으로 '딸깍' 하고 무지의 병뚜껑을 여는 통찰을 줄 수 있다.

처음 놈 촘스키를 만나러 갈 때 나는 세 가지 질문을 품었다. 구럼비, 민주주의, 자유무역협정FTA. 2012년 이른 봄, 나는 간절했다. 구럼비 파괴를 막고 싶었고, 그해 대선에서 한국의 민주주의가 회복되길 갈망했다. 그리고 내 곁의 사람들이 신자유주의의 흐름 속에서 겪고 있는 구체적인 아픔을 알기에 자유무역협정의 진실을 파헤치고 싶었다. 거장의 해석과 우리에게 나침반이 될 그의 메시지를 담고 싶은 마음이 끓었다.

그 후로도 기획과 실행을 이어가며 깨달은 것은 권위 있는 인물의 섭외보다 현장의 마음을 읽어내는 것이 중요하다는 것이었다. 당연하지만, 독자의 이익에 복무할 때에만 인터뷰는 의미를 갖는다.

일주일 만에 약속이 잡힌 촘스키와 두 번째 만남과 역시 일주일 만에 성사되었던 《코끼리는 생각하지 마》의 저자 조지 레이코프와 만남은 확실히 예외적이었다. 대부분 한 달 전에 연락한다. 그러다 정작 다섯 달 뒤에나 만나자는 제안을 받기도 한다. 법철학자인 마사 누스바움이 그랬다. 그리고 요즘은 만나러 가기 전에 다시 약속을 일깨우는 편지를 보내지만 5, 6년 전만 해도 혹여 그 편지에 다른 약속이 있으니 오지 말라는 답이 올까 봐 그냥 한 달 전에 받은 이메일에 적혀 있는 그 날짜, 그 시간, 그 장소에 배낭을 메고 찾아갔다. 혹시라도 있을지 모르는 낭패의 순간을 최대한 늦게 확인하려는 소심함이기도 했다.

이메일이 아닌 전화로 섭외한 경우도 있다. 한국에서 일할 때는 대부분 전화로 섭외했다. 목소리만 들어도 섭외가 될지 안 될지 알았을 정도로 촉이 발달했지만 섭외 전화를 할 때는 수화기를 두 손으로 감싸고 등을 말아 머리가 책상에 닿을 정도로 조아렸다. 누구라도 거절하기 어렵도록 곱고 상냥한 목소리와 태도로 이쪽의 간절함을 전하면서 상대의 당위를 이끌어내는 묘를 발휘했다. 경험이 쌓이자, 이번에는 거절 받아도 다음번에는 어김없이 성사시키는 실력도 갖추게 되었다.

그러나 사용하는 언어가 영어로 바뀌자 그 어떤 영어보다 전화 영어가 가장 자신이 없었다. 하지만 전화기를 들어야 했다. 전화의 대부분은 이메일을 보냈으니 확인해달라는 짧은 당부였다. 그렇게 통화하고 거절 답변을 받은 사람 중에 노벨 경제학상 수상자 대니얼 카너먼이 있다. 어쩔 수 없이 전화로만 약속을 잡아야 하는 상황에 몰린 적도 있다. 이메일을 발견할 수 없어 마지막으로 찾아본 옐로 페이지 웹사이트에 유일하게 적혀 있는 연락처가 전화번호였기 때문이다.

20세기에 유용하게 통용되던 전화번호부의 위력이 사라지기 전, 그 위력으로 만나게 된 특별한 이들은 제프 월, 웬델 베리, 존 카밧진이다. 그중 존 카밧진을 찾을 때는 약간의 추론이 도움이 되었는데, 존 카밧진이 아내와 쓴 부모 교육에 관한 책을 읽었을 때가 생각났다. 부인 마야의 아버지가 유명한 하워드 진이라는 사실을 떠올렸다. 카밧진은 존 카밧과 마야 진이 결혼하면서 만든 성이었다. 미국에 몇 명 없을 거라는 확신이 들었다. 전화번호부 사이트에 이름을 넣으니 보스턴에 그 성씨를 가진 가정집은 단 한 곳뿐이었다. 이제 남은 건 용기다. 내게 있는 단 하나의 재능이 배짱이기에 전화를 걸었다. 마야 진이 받았다. 마야에게 발도르프 교육을 하는 부모들 사이에서 당신의 책이 필독서라며 나도 학교 친구가 알려줘 읽었다고 살갑게 말하니, 자신의 아이들도 발도르프 학교를 다녔다는 말과 함께 남편의 개인 이메일을 알려주었다.

수많은 편지를 썼다. 더 많은 사람이 함께 사고하도록 당신의 지혜를 나눠달라는, 진영을 넘어 이슈로 마음을 열고 다가가는 데 당신의 권위가 창이 되어달라는, 연서 같은 편지들이다. 지금까지 쓴 편지가 모두 150통, A4용지 300장은 족히 될 듯싶다. 그중 3분의 2는 매우 정중하거나 달콤한 거절을 받았거나 응답받지 못한 편지들이다. 엘리자베스 워런한테는 3년 동안 세 번의 거절 답장을 받았다. 자신은 국내 문제에 집중해야 한다고 했다. 같은 이유로 작고한 루스 긴즈버그 대법관과 경제학자 로버트 라이시도 반복해 거절했다. 거절은 기본값이다.

지금도 기억에 남는 두 통의 거절 편지가 있다. 한 명은 거대한 거미 구조물 작품으로 유명한 루이즈 부르주아이고 다른 한 명은 신경학자이자 작가인 올리버 색스다. 루이즈 부르주아는 비서로부터 정중한 거절 편지를 받았는데, 그다음 달 뉴욕에서 키키 스미스와 인터뷰를 하다가 그이의 별세를 알게 되었다. 당당하게 페미니스트라고 밝히면서 활동하는 키키에게 미술계에서 성별을 떠나 우뚝 선 여성 작가는 누구인지 물었을 때다. 키키 스미스는 루이즈 부르주아를 말하면서 바로 어제 루이즈가 세상을 떠났다며 한숨을 내쉬었다. 내 마음도 내려앉았다.

올리버 색스에게는 편지를 보내고 일주일 뒤에 〈뉴욕타임즈〉에서 그가 쓴 마지막 에세이, 암이 진행되어 자신에게 남아 있는 시간이 얼마 없다며 그동안 고마웠다는 인사를 읽어야 했다. 미디어를 통해 받은 공개된 거절 편지였던 셈이다.

가장 달콤했던 거절 편지는 〈사피엔스의 마음〉을 연재할 때 받았다. "'나'란 무엇인가?"라는 주제로 스티븐 핑커, 개리 스나이더와 대화를 나눈 다음 과학의 시선으로 더 깊이 접근하고 싶어졌다. 뇌과학자인 빌라야누르 라마찬드란을 비롯한 몇 명의 저자를 더 살펴보다가 《괴델, 에셔, 바흐: 영원한 황금 노끈》이라는 책을 읽게 되었다. 놀라운 저작이었다. 저자는 "I, Self"에 대한 연구로 권위를 얻고 있는 더글러스 호프스태터로 인디애나 대학 교수였다. 읽던 책을 밀쳐두고 서둘러 그에게 인터뷰를 제안했다. 평소보다 더 긴 편지를 써 보냈다.

다음 날 답장이 왔다. 길고도 긴 문장이 모니터 화면을 덮었다. 어휘마다 달콤했다. 관심을 가져주어 기쁘다며 자신의 책에 대한 내 의견에 살뜰한 답변을 주기도 하고 나의 질문이 흥미롭다며 공감해주기도 했다. 읽어 내려갈수록 기대에 부풀었지만 그는 거절했다. 지구에서 연구할 시간은 한정되어 있고, 해야 할 일은 쌓여만 가기에 시간이 모자란다는 것이다. 지금은 인터뷰할 수 없다고.

잠시 진공 상자에 갇힌 느낌이었다. 답장을 썼다. 그 다정한 문장들에 기대어 감사하다는 말과 함께 지금은 어려워도 여섯 달 뒤에는 가능할 수 있으니 7월에 한 번 더 편지를 보내겠다고 적었다. 하루 뒤 다시 긴 답장이 왔다. 여전히 상냥했다.

"여섯 달 뒤라면, 제가 지구에 머물 시간이 여섯 달 줄어든 상황이겠어요. 연구할 날은 그만큼 줄어 있겠죠…"

그분의 건강과 안녕을 빌며, (귀한 시간을 내어-이 말은 쓰지 않았다. 물론, 그 시간을 합쳐 인터뷰해주었으면 얼마나 좋았을까 하는 야속함도 속으로 삼켰다) 답신을 주신 것에 감사하다는 답장을 보냈다.

어쩌면 그를 만나지 않음으로써 지구를 위해 뭔가를 한 것인지도 모른다. 만나지 않음으로써 만난 만남이었다. 다른 모든 거절도 만나지 않음으로써 만난 만남이었을 것이다. 기획을 마쳤을 때 돌이켜보면, 섭외가 무산되어 다른 분야로 접근했던 인터뷰를 통해 오히려 주제의식이 확장된 경우가 많았다.

지금 내 컴퓨터에는 신문사와 잡지사에 보낼 두 개의 새 기획안이 있다. 아직 신발 끈을 묶고 나갈 만큼 준비가 된 것은 아니다. 어떤 기획을 발표하고 싶어 궁리한다고 필요한 내용을 잡을 수 있는 건 아니다. 섭외 편지에 질문까지 담으려고 애썼던 시간이 나를 공부시키고 시야를 트이게 했던 거름이었듯 함께 살고자 집중하는 시간 속에서 탐구해왔던 대안이 사람들에게도 필요하다 여겨졌을 때 기획이 만들어졌다. 부단히 애써야 하는 일이다.

질문의 여정

.

.

.

미국으로 이주하고 처음 맞았던 2004년 미국의 대통령 선거에서 한 가지 부러운 점이 있었다. 선거라는 공간에서 벌어지는 정책 토론이 매우 활발했다는 점이다. 민주당은 1년 동안 후보를 뽑는 정책 토론을 이어갔고, 후보자들은 토론 속에서 당장 해결해야 하는 정책을 제시하고 유권자의 선택을 자극했다. 민주당 대통령 후보로 존 케리가 선출되었고, 재선을 노리는 조지 W. 부시와 격렬한 논쟁을 벌였다. 물론 이라크 전쟁이 최대 이슈였지만, 그에 못지 않게 뜨거웠던 것은 줄기세포 연구에 관한 법적 규제를 묻는 이슈였다. 존 케리는 줄기세포 연구를 지지했고, 조지 W. 부시는 줄기세포 연구 제한 정책을 내놓았다. 이 이슈는 50 대 50이라는 견고한 진영 구도마저 흔들었다. 공화당의 리더로 대중의 인기를 누리던 로널드 레이건 전 대통령의 부인 낸시 레이건 여사와 큰아들이 민주당 정책을 지지한다고 선언했다. 치매로 망각의 시간을 보내는 레이건 전 대통령을 비롯한 환자와 가족들의 고통을 대변하기 위해서라고 했다. 당시 나와 함께 한국 문학 작품을 영어로 번역하는 작업을 하던 린다는 새크라멘토에서 공화당의 시장 후보로 거론될 정도로 공화당의 핵심 당원이지만 줄기세포 관련 정책 때문에 부시에게 표를 주지 않겠다고 했다. 자신이 앓고 있는 다발성 경화증에 대한 연구가 획기적으로 발전하기를 바라는 마음에서였다.

당시 미국 사람들은 조지 W. 부시가 대통령이 된 걸 두고 사람들이 아버지 부시인 줄 알고 찍었기 때문이라고 우스갯소리를 했다. 자신들의 정치 무관심을 그렇게 비아냥거릴 정도로 정치에 냉소적이었다. 그런 그들이 줄기세포에 대한 의견을 서슴없이 말하기 시작했다.

내가 한국에서 라디오 PD를 할 때였다. 담당하던 아침 시사 프로그램에 토요일 코너를 새로 만들었다. 과학전문기자와 함께 과학 뉴스를 쫓는 시간이었다. 바이오 산업을 통한 거대한 변화가 일어날 것 같았고, 과학 기술의 발전이 곧 우리 일상과 주머니에도 영향을 미칠 것이라는 위기의식이 올라오고 있었다. 알지 못하는 사이 결정되는 정부 정책과 국책 사업은 곧 우리의 미래 자산을 침해할 것이기 때문이다.

20대 초반, 세상 물정 모르던 1990년대, 제2이동통신 사업자로 SK그룹이 선정되었다. 그때는 그것이 무엇을 예고하는지 알지 못했다. 곧 다가오는 미래의 우리 호주머니를 통째로 내어준 것과 같다는 것을. 이동통신 사업은 지금도 진화하고 있고, 당시 국가는 미래 자본을 공익과는 거리가 먼 사적 구조 속으로 던져버렸다. 바이오 산업이 바로 그런 무게를 갖고 있다 여겼다. 하지만 국가는 설명하지 않았고, 언론은 게을렀다.

미국 대선에서 줄기세포 연구 정책을 대중에 던져놓았을 때, 어려운 말로 싸여 있던 전문 지식은 시간이 지나면서 알기 쉬운 말로 풀어졌다. 사람들은 자신의 삶을 정하는 선택을 했다. 그 선택이 세상의 진보와 공공의 이익을 배반한다 해도 한번 심도 깊게 논의했던 시간은 결코 없던 일이 되지 않는다. 그러하기에 우리는 정치적으로 다수의 시선이 집중하는 선거를 당장에 다가올 미래에 대해 논의하고 선택하는 장으로 만들어야 한다고 생각했다. 2012년 대한민국 18대 대통령 선거 열기가 달아오르기 시작하던 봄에 나는 진영 논리를 벗어나 이슈로 집중하는 시간을 만들고자 모색했다. 그리고 그 논의가 가리키는 방향의 끝에 사람들과 함께 얻어내고 싶은 간절한 깨우침이 있었다. 나와 남으로 얽혀 있는 이 세계는 매우 긴밀히 연결된 하나의 망이라는 것이다.

1990년대부터 본격적으로 몰아치기 시작한 자본의 세계화, 약자의 보호막을 해체하는 신자유주의 태풍에서 우리 역시 자유로울 수 없기에 큰 흐름 속에서 우리의 위치를 짚어내는 시간이 의미 있다고 생각했다. 그 안내를 석학이라고 권위를 인정받는 지성들로부터 듣고 싶었다. 다행히 지식과 지혜를 갖춘 일곱 명의 지성을 만날 수 있었고, 이를 '깨어나자 2012 : 석학을 만나다'라는 제목으로 〈오마이뉴스〉에 연재했다. 2012년 봄부터 겨울까지 꼬박 인터뷰에 전념했다.

석학들을 만나며 알게 된 한 가지 놀라운 점이 있다. 그들에게 한국인은 세계사에 자취를 남긴 위대한 국민으로 인식되어 있다는 점이다. 한국인을 이렇듯 위대하게 보는 근거는 삼성 같은 대기업 브랜드도, 세계 곳곳의 토목공사나 건축 현장도, 소비의 주체가 되어 국력을 과시하는 관광객들도 아니었다. 국민들이 불의와 맞서 싸워온 시간이었다. 한국인은 100년의 세월 동안 온갖 질곡을 겪으면서도 사람 사는 세상의 가치를 완성해왔다. 때론 후퇴하고 함정에 빠지고 모순에 허우적거리기도 했지만 포기하지 않고 서로 끌어안았다.

놈 촘스키에게 마지막으로 질문을 건넸다.

"그렇다면 우리는 무엇을 해야 하나요?"

촘스키는 '그걸 왜 나한테 묻나요?'라고 반문하는 듯한 표정을 짓더니 곧 입을 열었다.

"한국 사람들은 그 답을 알고 있습니다. 당신들의 역사를 보면 됩니다."

지난 시간, 우리는 낙담하고 절망하고 있던 세계인에게 희망을 보여주었다. 모든 삶의 주역들이 역사를 발전시킨다는 증거를 세계인에게 제출했다.

창을 열어 밖을 보려고, 더 멀리 보려고 망원경을 찾고 있던 내게 석학들이 꺼내준 것은 거울이었다. 우리를 비춰볼 수 있는 거울. 답은 우리 안에 있고, 세계의 갈등을 해소할 수 있는 열쇠도 우리가 갖고 있다. 나의 질문이 우리의 가치를 확인하는 여정이 되길 바랐다. 단 한 명의 독자라도 석학의 지혜에 화답한다면, 세상은 그만큼 나아지리라. 한 생명이 밝아지면, 세상은 그만큼 희망을 얻기 때문이다.

격정을 통과한 사랑의 언어

– 지그문트 바우만을 추모하며

·

·

·

2017년 1월 9일 사회학자 지그문트 바우만이 세상을 떠났다. 나는 그의 제자도 사회학자도 아닌, 그저 한 명의 독자로 그의 책을 읽었을 뿐이지만, 인터뷰를 위해 마주했던 두 번의 만남이 너무도 진했기에 북받치는 슬픔을 누를 수 없었다.

2014년 2월과 2015년 1월, 영국 리즈에 있는 바우만의 집에서 그를 만났다. 첫 만남에서는 '우리 문명을 살릴 길'을 물었고, 두 번째는 '마음의 작동과 현대의 사랑'을 물으며, 그의 연인 알렉산드라 야신스카–카니아와 함께하는 사랑 이야기를 들었다. 두 번 다 시대를 관통하는 모호한 불안을 거두어들이고 통찰과 위태로운 개인의 자리를 드러내는 선연한 언어들로 채워졌다.

"'우리가 문명을 구출할 수 있는가?'라는 질문에는 파국의 기운이 상승하고 있다는 암묵적인 인정을 함의하고 있습니다. 위협이죠. 지금 이 문명이 엄청나게 위태롭다는 전제. 하지만 저는 이것이 우리가 해야 할 질문이라고 생각하지 않아요. 이건 현실이니까요. 지금 우리가 사는 시간은 '인터레그넘interregnum(최고지도자 부재 기간)'입니다. 궐위의 시간!"

바우만은 21세기 오늘의 시간에 작동하는 문명의 방식은 매우 노화해 더는 적절하지 않은데도 새로운 활동 방식은 아직 개발되지 않은 상태이기에 불안이 안개처럼 개인의 삶 곳곳에 스며들어 있다고 했다. 어디서부터 달려왔는지는 알지만 어디로 가는지는 확실히 알지 못하는 시간 말이다. 그는 이 불안의 배경을 지난 반세기 동안 진행되어온 자본의 세계화에서 실타래의 끄트머리를 잡아당겼다.

"문제는 사회적으로 유발되었는데, 해결은 개인이 알아서 찾도록 요구되는 세상. 사회가 생산한 질곡을 개인이 책임지는 시대입니다."

바우만은 '권력과 정치의 이혼'이 개인을 무기력하게 한다고 지적했고, 이를 해결하자는 과제를 던져주었다. 그에게 물었다. 대체 권력은 무엇이냐고.

"권력은 일이 되게 하는 능력입니다. 우리에게 힘이 있다면 욕망하는 대로 만들 수 있죠. 만약에 힘이 있다면요."

다시 정치란 무엇인지 물었다.

"정치는 지금 무엇을 해야 하는지 정하는 능력이죠. 40년이나 50년 전만 해도 국가적 차원에서 정치와 권력은 하나였습니다. 하지만 제가 인터레그넘이라 부르는 요즘은 권력이 지구 전체로 작동합니다. 금융과 무역이 세계화되었고, 무기 교역과 테러리즘까지 세계화되고 있습니다. 모든 종류의 권력이 국가가 조절하는 영역 밖에 거주하게 된 거죠. 세계화된 권력은 뭐든 하고 싶은 대로 할 수 있습니다. 만약에 어느 지역에서 원하는 대로 성취할 수 없게 된다면 그 권력은 다른 곳으로 옮겨갈 겁니다. 그럼 자본도 떠나고 일자리도 사라지고, 산업도 무너지겠죠. 국경 너머에서 뻗어오는 권력, 정치는 이 권력과 이혼한 상태입니다."

우리는 정치적 권리를 행사하고 있다. 하지만 이 힘이 어떻게 작동될지 알 수 없는 불확실성 속에 있다. 바우만은 지금 무엇이 일어나는지 안다면, 적어도 이론이라도 알 수 있다면, 변화를 독려할 수 있겠지만, 우리는 무엇을 해야 할지 알 수 없는 불확실성 속에 있다고 했다. 그래서 매우 불쾌한 상태라고.

이런 불확실성 속에 있기에 우리는 안전을 바란다. 가난한 다수가 부와 권력을 가진 소수에게 자신의 한 표를 주는 것도 안전이 위태롭기 때문이 아닐까. 바우만은 안전과 자유가 지배

한 오랜 인간의 삶을 꺼내며, 각자가 서 있는 자리를 돌아보게
했다.

"인류는 항상 같은 문제로 아파합니다. 하나는 자유고 다른
하나는 안전입니다. 이 두 가지가 모두 필요한데 결코 자유와 충
분한 안전은 함께 주어지지 않죠. 150년 전 우리는 지역 공동체
속에서 살았습니다. 페이스북처럼 자유로운 네트워크와 달리 매
우 주의 깊게 관찰당해야 했고 구속받아야 했습니다. 하지만 안
전했죠. 네트워크는 다릅니다. 하나는 접속이고 다른 하나는 단
절입니다. 선택할 수 있는 자유가 있지요. 하지만 안전은 아닙니
다. 우리는 늘 뭔가를 얻으면 뭔가를 잃어왔어요. 안전과 자유
사이에는 갈등이 있습니다. 오늘날의 불행은 사람들이 무제한의
자유를 구하고 싶어서 자신의 안전을 투항시키는 데서 옵니다."

세계화 시대에 자본은 자유로운 이동이 만들 풍요를 선전
하며 규제 해제를 감행해왔다. 결국 현실 속 안전장치들이 풀어
지고 만 것이다. 거대한 권력과 정치의 세계가 아니더라도 우리
의 일터와 생활 속에서도 자유와 안전은 매 순간 파급력을 저울
질해야 하는 가치일 것이다. 조직의 안전에 기대 개인의 이성과
존엄을 존중하지 않았기에 처참히 무너진 오늘 대한민국의 현실
도 그중 하나일 것이며, 투자라는 기대 속에서 던져지는 개인의
욕망도 투항된 안전 가운데 하나가 아닐까.

두 차례에 걸친 대화에서 마주한 바우만의 눈은 한 순간도 형형한 빛을 잃거나 흔들리지 않았다. 그의 숨결에 담겨 나오는 격정을 통과한 말들은 대화의 밀도를 높였다. 한평생 살며 느낀 소회를 전하면서도 감정은 일렁이지 않았다.

"인생의 만년에 와서야 도달한 결론이 있는데, 우리가 진보라고 부르는 그것은 똑바로 뻗은 직선이 아니었습니다. 젊은 시절 상상한 진보는 얽히고설키는 일 없이 똑바로 앞으로 나아가는 행진과 같다고 여겼습니다. 구부러지거나 비틀림 없이 말이죠. 그런데 이만큼 살아보니 진보는 추의 운동과 같습니다."

바우만은 역사는 '추의 운동'이라고 했다. 앞으로 나아간 만큼 그 반동으로 뒤로 밀렸다 다시 추동하여 나아가는 진자의 운동. 3년 전 들었던 그의 말은 오늘 내 머릿속에서 맴맴 돌고 있다. 그 반복의 관성을 바꿔내는 힘은 무엇일까. 영원히 밀고 밀리는 지난한 과정…. 아직 풀지 못한 그의 상징이지만, 다만 진자는 서서히 방향을 바꾸며 회전하기에 인류는 평화의 트랙을 놓아가며 발전해나갈 수 있지 않을까.

무언가 선명한 길을 제시해주길 갈망하는 내가 안타까웠는지 바우만은 대담이 끝나고 방을 나오는 나를 문간에 세워두고 기운을 모아 한마디 더 전했다.

"우리는 권력과 정치를 재혼시켜야 합니다. 행동으로 다시 심고 재생하고 뒤바꾸는 전환이 없다면 우리는 못난 이데올로기를 대신하는 아름다운 이데올로기를 가질 수 없습니다. 오큐파이 월스트리트, 아랍의 봄처럼 사람들은 이미 시작하고 있어요. 기존의 정치 정당들이 하는 일에 환멸을 느끼며 대안을 찾고 있습니다. 실험이죠. 나는 기존의 방식으로는 대안적인 길을 찾을 수 없다고 생각합니다. 그렇지만 나는 믿습니다. 사람들은 계속 찾아 나설 것이고, 그 답은 세상에 나올 거라고요. 나는 당신 세대가 그 길을 이루도록 모든 행운을 전합니다. 하지만 기억하세요. 대안은 어딘가에서 당신이 발견해주기를 기다리지 않습니다. 당신들이 창조해야 합니다. 기회는 발견되는 것이 아니라 만드는 거니까요. 나는 그저 사회학자일 뿐입니다. 어떻게 살라고 조언하는 카운슬러가 아니에요. 우리의 삶에 어떤 선택지가 놓여 있는지 설명하려고 노력할 뿐이죠. 선택은 당신의 몫입니다."

선택은 우리의 몫이다. 여든여덟의 바우만이 들려준 해석들, 그리고 여든아홉의 바우만이 내게 보여준 사랑을 통한 삶의 공식들은 앞으로도 계속 살아 움직일 것이다. 향년 아흔한 살로 사회학자 지그문트 바우만은 세상을 떠났지만, 그가 비춰낸 세상의 흐름은 선한 의지를 이어가려는 이들의 선택 속에서 끊임없이 되살아나리라.

내게 지그문트 바우만의 마지막 모습은 인터뷰를 마치자 바로 책상으로 돌아가 집필을 이어갔던 성성한 학자로 내게 남아 있다.

격정을 통과한 사랑의 언어

3
살피다

아래로 내려가도 괜찮은

·

·

·

2012년 인터뷰 시리즈부터 교육에 대한 질문을 따로 챙기기 시작했다. 첫 제시어는 '행복 수업'이었다. 창의성 연구 분야의 석학으로 언론에 떠들썩하게 호출되던 미하이 칙센트미하이를 찾아갔다. 2010년에 그와 첫 인터뷰를 했을 때 받은 인상이 짙었기 때문이다. 그때는 '행복의 비밀'에 대한 대화를 나눴다. 행복의 비밀은 자신의 눈으로 세상을 탐구하는 것, 그러기 위해 자신이 있는 공간에서 하는 그 일에 집중하는 '나와 하나 되는 시간'을 갖는 것이라고 했다. 행복 수업의 전제와도 연결된다고 여겼다. 만약 학교에서 자신에게 집중하고 관계 속에서 자신의 의지를 펼쳐가는 방법을 배울 수 있다면, 숨 가쁘게 변화하는 세상 속에서 이토록 불안감에 짓눌리지는 않을 것 같았다.

칙센트미하이는 교실에 더 많은 '협력'을 불러와야 한다고 강조했다. 사회에서 마주하는 대부분의 문제는 과목별로 나뉘어 있지 않고, 혼자 해결할 수 있는 사항들도 아니기에 '소통하며 답을 찾는 경험'을 쌓는 것이 살면서 불안을 덜고 행복감을 키우는 매뉴얼이라 했다.

경쟁 관계는 서로의 말을 단속하게 만든다. 내 아이디어가 남의 점수로 둔갑할까 봐 입을 닫고, 강박 속에서 별 볼 일 없는 말은 차마 입 밖으로 꺼내지 못하고 삼켜버린다. 창조적 프로젝트는 시시껄렁한 수다, 걸러지지 않은 날것의 생각에서 싹트는 경우가 많다. 헛소리 속에 창조의 씨앗이 있다고도 할 수 있는데, 그 씨앗을 뿌릴 수 없는 토양이 바로 평가와 경쟁에 묶인 관계다. 2012년 칙센트미하이와 대화에서 울림을 주었던 또 다른 말이 있다. "역사를 보면 어느 시기, 특정한 공간에서 많은 이들이 표현의 욕구를 마음껏 드러낸 때가 있다. 세월이 흐르고 후대는 그 시기를 '르네상스'라고 명명했다."

그 속에는 굶주림 없는 살림살이, 견딜 만한 갈등, 새로움에 대한 과도하지 않은 거부감이 있었을 것이다. 인간에게는 창작을 추구하는 본능이 있기에 그 즉시 밥이 되지 않는 것에도 힘과 시간을 쏟는다. 당장 죽지 않는다는 믿음이 있을 때, 너나나는 자유롭게 궁리하고 무언가를 눈에 보이는 결과물로, 또는 아이디어로 세상에 내놓는다.

당시 내가 전하고자 했던 메시지는 비록 시장의 질서가 우리를 경쟁으로 내몰더라도, 교실에서부터 그 질서에 균열을 내자는 것이었다. 그것이 나와 나의 관계, 나와 타인의 관계, 나와 세상의 관계를 추구하는 '행복 수업'이다.

2014년에는 더 '안으로' 향했다. 변화된 개인이 만들어내는 힘은 반드시 존재한다고 믿었기에 하버드대학 교육심리학과 교수인 하워드 가드너를 만났다. 태어나서 20년까지의 삶이 성적으로 평가되고, 평가 결과에 따라 이후의 삶마저 줄 세워지는 서열 사회에서, 우리 머릿속에 똬리 틀고 있는 시험 점수가 만든 프레임을 깨고 싶었다.

하워드 가드너는 '다중지능'이라는 이론을 정립한 인물이다. 1990년, 인간의 능력을 가늠하는 단일지능 우대 시스템에 반론을 제기하고 인간은 여덟 가지 지능을 갖고 있다며 다중지능 이론을 주창했다. 언어 능력과 수리 능력을 주요하게 평가하는 단일지능 중심으로 시험을 치르고 인간의 능력을 등급 매긴 이유는 단순하다. 첫째는 명확한 답이 나오는 질문이기에 점수로 사람을 줄 세울 수 있기 때문이고, 둘째는 학교에서 배출하는 언어 수리 능력을 갖춘 노동력이 생산성을 높이는 주요한 자원이었기 때문이다. 만약 지금이 농경 사회나 수렵 사회였다면 서열은 다른 지능으로 매겨졌을 것이다.

당시 나는 다양성의 가치를 강조하고자 했다. 그러면서도 독자들의 해석이 염려되어 하워드 가드너에게 어깃장을 놓는 질문을 던졌다.

"당신의 다중지능 이론이 한국에서는 유아교육 부문에서 부작용을 낳고 있다. 부모는 '한 개도 모자라 여덟 개 지능을 개발해야 하냐'며 조바심을 낸다. 결국 아이들이 돌아야 하는 학원 수만 늘었다."

하워드 가드너는 중국에서도 같은 질문을 받았다며 웃었다. 하워드 가드너는 지능은 사람을 이해하기 위한 것이지 사람을 분류하기 위해 사용되어서는 안 된다고 강조했다.

그는 자신의 남은 시간을 쏟아붓겠다고 다짐한 활동을 설명하며 이 시대의 대안으로 내놓았다. '바른 시민Good Citizen, 바른 노동자Good Worker, 바른 사람Good Human'을 기르기 위한 '굿 프로젝트The Good Project'라는 활동이다. 하워드 가드너가 말하는 '굿good'은 사람마다 기준이 다른 '좋은'이 아니라 함께 살아가는 공동체 속에서 괜찮은 사람으로 살아가는 길을 제시하기에 나는 '바른'이라는 말로 번역했다.

내가 20대 후반이었을 때 외국의 유명 대학에서 MBA(경영학 석사)를 마친 20대와 30대들이 우르르 한국 사회에 등장했다. 언론사 공채시험에도 해외 유학파의 합격률이 높아서, 모방송국

부장은 여기가 뉴욕의 NBC 방송국이냐며 기막혀했다.

서열 문화가 만들어 놓은 덫은 '승자독식' 질서다. 승자독식 질서 속에서는 기득권자가 강력한 안전장치를 가지려고 애쓸수록, 밀려난 다수는 위태로워진다. 사회적 유대감은 끊어지고 짜증은 일상이 된다. 사회의 면역력 자체가 약해지는 것이다. 개인에게는 꼭대기로 오를수록 안전해 보이는 피라미드 구조가 실상은 가장 많은 사람들이 위험지대로 몰리면서 사회 전체의 안전은 뒤집힌 피라미드 꼴이 되고 만다. '자멸 시스템'이다.

또 다른 진실은 승자독식 질서 속에서는 최상위 포식자조차 그 순위가 바뀐다는 것이다. 1퍼센트의 고정된 무리가 독식하는 구조가 아니라 유동적이기 때문에 상위 10퍼센트에 속한 이들 가운데 누군가 정점에 오르면 1퍼센트 안으로 들어가기도 밀려나기도 한다. 우리가 기득권의 문제를 짚고 개선해나가고자 한다면, 소득 상위 1퍼센트보다는 10퍼센트, 20퍼센트가 누리는 경제적, 정치적, 문화적 자산을 이야기해야 한다. 이름만 들어도 알 만한 세계 최고 부자들이나 한국의 재벌들은 0.01퍼센트나 0.001퍼센트에 속한 이들이니, 더욱 포괄적인 기득권층이 속한 엘리트주의 서열 문화를 바꾸려면 전체 속에서 법이 누구의 손을 잡고 있는지 살펴볼 필요가 있다.

학교가 성적으로 학생의 등급을 매기고, 부모는 그 등급으로 아이의 미래 생활 수준을 짐작한다. 저성장과 제조업 붕괴가 이어지며 고졸 학력자의 안정적인 일자리가 사라지고 학력 순으로 소득과 기득권이 늘어나는 현실이다. 그러하기에 점수와 아이의 20년 뒤 삶은 용하게도 맞아떨어지고 있다. 21세기, 불평등이 극에 달한 미국, 영국, 한국 같은 부자 자본주의 나라들의 민낯이다. 미국은 사회학자들이 이를 증명했다. 고졸과 대학 중퇴, 대학 졸업자들이 만들어낼 미래 소득 차이를 추적 조사해 통계로 보였고, 유치원 진학 여부에 따른 대학 진학 비율 차이, 초등학교 3학년까지 흑인 여교사를 만났는지에 따라 흑인 여학생의 대학 진학 비율 격차가 현격함을 보여줬다. 유아기에 안정된 양육 환경이 제공되었는지 여부에 따른 지능 개발 정도, 인종 편견에 사로잡힌 사회에서 자신의 가능성을 상상할 롤 모델을 만났는지 여부에 따른 성취 잠재력, 이 모두가 개인에게는 탄생과 함께 주어지는 환경이지만 기울어진 운동장 같은 사회에서는 성인이 된 후, 그들이 누릴 경제적, 문화적 삶의 질은 부모의 계급에 연동될 수밖에 없다.

바닥을 높이고 싶다. 가장 평균적인 한국인은 160만 원이 채 안 되는 벌이로 한 달을 산다. 중위소득은 한 나라에서 소득이 가장 높은 사람부터 가장 낮은 사람까지 한 줄로 세웠을 때 가운데 자리에 있는 소득을 가리킨다. 2020년 최저 시급인

8,590원으로 하루 8시간, 주 40시간 근무를 기준으로 하면, 주 휴수당을 포함해 최저 월급 179만5310원을 받는다. 중위 소득 자보다 20만 원 정도 더 버는 셈이다. 법이 정한 최저임금을 받아도 대한민국 소득 순위 중간보다 위에 도달하니, 도대체 하위 소득 50퍼센트는 어디서 얼마를 받고 일하고 있을까? 그만큼 우리의 영예로운 GDP 3만 달러 시대를 만끽하는 사람 대부분은 꼭대기 계층에 몰려 있다는 말이다. 우리와 불평등 순위를 다투는 미국은 최저 시급이 가장 높은 캘리포니아주를 기준(15달러)으로 해도 최저임금자의 소득이 미국 중위 소득자 수입의 절반 정도다. 물론, 전국민 의료보험 제도가 없기 때문에 전반적인 사회안전망을 획일적으로 비교하기는 어렵다. 만약에 하위 20퍼센트에 속하더라도 최저임금으로 지탱할 수 있는 삶이라면? 지금보다는 더 괜찮지 않을까.

추락해도 인간다울 수 있는 바닥이길 바란다. 1인당 국민소득 3만 달러의 혜택을 모두 누릴 수 있다면, 적어도 하위 20퍼센트가 최저임금의 혜택 안에 있을 수 있다면, 교실은 정상을 회복할 수 있다.

가이아 이코노미의 산실

．

．

．

영국 데번주 다팅턴에 있는 슈마허대학의 학위 수여식에서
교단에 오른 창립자 사티쉬 쿠마르가 졸업생들에게 당부했다.

"여러분, 취직에 매달리지 마세요. 삶의 의미를 채워낼 수
있는 당신의 일을 창조하십시오. 그대들 앞에 놓일 대부분의 일
자리는 정신을 채워주지 못할 것이며, 이 사회를 정의롭게 만들
지도, 지구의 환경을 지속 가능하게 하지도 못할 겁니다. 단지
청구서에 적힌 요금을 납부할 수 있는 돈을 손에 쥐여줄 뿐이
죠. 우리는 이 땅에 온갖 청구서를 납부하러 오지 않았습니다.
더 위대한 목표를 향한 일을 합시다. 우리의 목표는 이 지구를
보살피는 인간의 의무를 다하는 것입니다."

슈마허대학에는 홀리스틱 사이언스Holistic Science, 생태적 디

자인 사고Ecological Design Thinking, 전환을 위한 경제학Economics for Transition으로 이루어진 세 종류의 대학원 과정이 있다. 이중 전환을 위한 경제학에서 배출한 졸업생이 18년 동안 1520여 명이다. 졸업생들은 모두 현장에서 일한다. 캐나다의 대표적 환경단체인 데이비드 스즈키 재단을 비롯해 영국, 스페인, 포르투갈, 미국, 아시아, 남아메리카의 다양한 환경단체와 NGO, 교육기관, 지방 정부에서 정책가와 활동가로, 그리고 윤리적 농장과 레스토랑, 상점을 열어 들판의 클로버처럼 풀뿌리가 되어 지표면을 메워가고 있다.

　　슈마허대학을 처음 찾은 날은 2018년 11월 25일이었다. 스페인에서 헬레나 노르베리 호지를 인터뷰하고 런던으로 이동한 다음, 다시 기차로 4시간 서쪽으로 달려 슈마허대학에 다다랐다.
　　슈마허대학에 처음 궁금증을 품었던 것은 2012년이다. 환경 분야의 거장이자 세계화 경제에 맞서 소농 중심의 유기농 농민운동을 이끄는 반다나 시바를 만나고 싶어 인터넷 검색을 하다가 그녀가 슈마허대학에서 초청 강의를 한다는 것을 알게 되었다. 더불어 1980년~1990년대 초 기존의 인식 틀을 흔들던 입자물리학자 프리초프 카프라를 쫓다가도 슈마허대학을 만났다. 이 두 거장뿐 아니라 당대의 사회운동가, 경제학자, 생태와 경제의 새로운 가치를 설파하는 심리학자, 과학자, 예술가 들이 슈마허대학의 방문교수 명단에 올라 있었고, 헬레나 노르베리 호지도 여름과 가을 학기에 국제경제를 가르쳤다. 지난해 도넛 경제학으로 자본주의 한계를 돌파하는 담론을 제시한 케이트 레이워스도 이 대학의 교수였다.

토트네스 기차역에서 강을 따라 15분 정도 걸어 올라가면 다팅턴 홀 입구가 나온다. 데번주에 남은 유일한 철새 도래지인 호수 주위에서 잿빛 왜가리가 먹이를 찾고 있었다. 다팅턴 홀이 1925년 새 주인을 만나면서 생태가 보전되었기 때문에 새들은 그곳으로 모여들었다. 영국에서도 손꼽힐 정도로 아름다운 전원도시인 토트네스는 다팅턴 홀 입구에 다다르자 더욱 아름다운 풍광을 펼쳐 보여주었다.

학교 이름인 '슈마허'는 《작은 것이 아름답다》라는 책의 저자, 에른스트 슈마허의 이름에서 따왔다. 그의 사진을 학교 식당에서 보았다. 슈마허대학은 1980년대 세계화가 태동하던 순간부터 신자유주의의 위기를 경고해온 불교경제학자이자 생태학자인 에른스트 슈마허의 이름을 학교 이름으로 짓고 1991년 1월에 문을 열었다. 하지만 슈마허대학의 태동은 그보다 전, 인도의 시인이자 철학자, 교육자였던 타고르 시대로 거슬러 올라간다.

타고르에게는 레너드 엠허스트라는 영국인 제자가 있었다.

성공회 신부의 아들로 캠브리지대학에서 신학과 역사를 공부하던 가난한 청년 엠허스트는 인도에서 타고르를 만나 깊은 가르침을 받고 그의 비서로 일했을 정도로 타고르와 사이가 각별했다. 그는 농업을 배우려고 미국 코넬대학으로 떠났고, 그곳에서 억만장자 아버지의 유산을 상속받은 도로시 휘트니 스트레이트를 만나 결혼했다.

타고르는 엠허스트에게 "영국으로 가서 넓은 대지를 구입해 진보적인 학교를 설립하라. 사람들이 자연과 음악과 공예를 누리고, 바른 삶을 위한 행복을 발견할 수 있는 공간을 만들라"고 당부했다. 타고르가 가리킨 곳이 바로 지금의 슈마허대학이 자리한 곳이다. 1923년, 엠허스트는 매물로 나온 다팅턴 홀의 대지를 구매했다. 다팅턴 홀의 전체 면적은 500에이커(약 200만 제곱미터)로 드넓게 펼쳐진 구릉 지대를 거느리고 있다.

엠허스트는 모든 성채를 재건해 아트센터를 설립했다. 영국의 대문호인 올더스 헉슬리를 비롯해 많은 예술가가 나치를 피해 이곳으로 모여들었다. 음악가, 미술가, 무용가 들과 더불어 영국 노동당 정치인들도 자주 회합을 했다. 이곳은 희망 사항이던 전국민 의료보험이 제도로 만들어지는 데 인큐베이터 구실을 한 곳이기도 하다. 다팅턴 홀이라는 시골 마을에서 예술적 상상과 사회적 이상이 융합한 것이다. 엠허스트는 산업화로 무너져가고 있던 농업을 유기농으로 전환해 지켜냈고, 타고르의 제자답게 교육에 열정적이었다. 다팅턴 홀 학교는 급진적인 교육을 펼쳐갔다. 라틴어 수업을 폐지하고, 성차별과 계급 차별을 없앴으며, 청소년에게 예술과 동서 사상을 가르쳤다. 그러나 1980년대 말 몇 가지 사고가 발생하며 학교는 문을 닫고 말았다. 그러자 다팅턴 홀 트러스트의 이사들은 새로운 교육 공간을 모색했다. 인도 출신의 환경운동가이자 평화운동가 사티쉬 쿠마르, 화가이자 작가이며 교육자인 존 레인 그리고 지역 유지이자 불교도인 모리스 에시가 주축이 되어 움직였다. 지금의 슈마허 대학이 탄생하게 된 배경이다.

"우리에게는 지구 자원을 낭비하는 경제 시스템을 새롭게 재편하는 새로운 모색이 필요하다. 왜 서구 사상은 숲을 함부로 대하는가? 우리는 무엇부터 시작해야 하는가?" 이들은 질문의 답을 인도의 아슈람 모델인 타포바나에서 찾았다. 타고르는 고대 인도의 현자들이 숲에서 지혜를 얻었다고 했고, 자연이 없다면 지혜를 얻을 수 없다고 설파했다. 그들은 제자들을 데리고 숲으로 들어가 함께 살며 배웠다. 이것이 바로 아슈람이고, 그 수행의 숲을 타포바나라고 한다. 인도 아슈람에서 학생들은 방을 쓸고, 밭을 갈고, 나무를 하며, 스승과 함께 먹고 자며 스승의 인격과 정신을 온몸에 스며들게 했다.

　　슈마허대학도 "온몸으로 배운다Learning by Doing"를 실천한다. 모든 학생과 일부 교수들은 학교에 거주한다. 대학원생뿐 아니라 3주나 1주 단기 코스를 수강하는 학생도 학교에서 자고, 밥 짓고, 농사짓고, 목공을 비롯한 공예 활동을 하며 명상을 즐긴다. 6에이커(약 2만4000제곱미터) 남짓한 교정이 숲과 농장으로 가꾸어지고 있다. 슈마허는 21세기 타포바나다.

1991년 첫해 입학생은 스물다섯 명이었다. 시골의 신생 학교에 모집된 신입생 수로는 놀라울 정도로 많은 수였는데 제임스 러브록의 강의로 문을 열었기 때문이다. 과학자이자 환경운동가, 미래학자인 제임스 러브록은 '지구는 스스로 조절하는 하나의 유기체적 시스템으로 이루어졌다'는 '가이아 이론'의 창시자다. 제임스 러브록이 합류하게 된 배경과 에른스트 슈마허가 슈마허대학의 이름이 된 아이디어의 바탕에는 사티쉬 쿠마르의 삶이 있다.

사티쉬 쿠마르는 아홉 살에 자이나교로 출가해 열여덟 살에 환속한 후 반핵 평화운동을 이끌었으며, 인도를 떠나 영국에서 오랫동안 생태 잡지 《리서전스 매거진Resurgence magazine》의 편집장으로 일했다. 에른스트 슈마허, 이반 일리치, 달라이 라마, 토마스 베리, 프리초프 카프라, 웬델 베리, 반다나 시바, 제임스 러브록, 안토니 곰리는 모두 사티쉬 쿠마르의 신실한 친구들이며, 이들 대부분은 슈마허대학의 강사로 합류했다. 강사진의 저력과 그들이 표방하는 가치, 그리고 이 가치를 실현하는 행동에 힘입어 슈마허대학에는 지금도 세계 90여 개국에서 학생들이 모여들고 있다.

슈마허대학 교육의 핵심은 두 가지로 대표된다. 하나는 가이아 이론이며, 또 하나는 홀리스틱holistic 사고다. 가이아 이론은 개교 때부터 함께한 생태과학자 스테판 하딩과 10년 뒤 합류한 경제학자 조너선 도슨이 커리큘럼으로 구축했고, 대안적 실천 원리로써 교실을 넘어 각 지역의 현장에서 적용되고 있다.

스테판 하딩이 슈마허대학에 둥지를 튼 계기에서 1990년대 초 가이아 이론을 향한 학계와 대중의 기대감을 엿볼 수 있다. 그가 옥스퍼드대학에서 박사 학위를 마치고 자리를 잡아가고 있던 때였다. 1980년대 초부터 티벳불교에 심취해 있던 하딩은 마침 옥스퍼드대학에 온 린포체가 데번주에 있는 티벳불교 센터에 방문한다는 소식을 듣고 운전을 자원했다. 다팅턴 홀 트러스트 이사인 모리스 에시가 개설한 티벳불교 센터로 가는 여행이었다.

하딩은 센터에서 모리스 에시와 사티쉬 쿠마르를 만났다. 쿠마르는 당시 학계의 주목을 받기 시작한 생태학자 스테판 하딩에게 슈마허대학 교수 자리를 제안했고 하딩은 환호하며 옥스퍼드를 탈출했다. 리처드 도킨스와 같은 학과에서 서로 다른 과제를 연구하던 때였고, 당시 동물생태학의 관점이 '이기적 유전자'로 쏠리는 상황이 불편했다고 한다. "드디어 과도한 합리성으로부터 탈출한다. 이제 나는 이기적인 유전자로부터 빠져나올 수 있겠구나!" 그는 환호했다고 한다.

하딩의 철학은 자연의 직관성과 연결된 합리성을 추구하자는 쪽이었다. 그리고 슈마허대학에서 제임스 러브록과 함께 연구하며, '이기적인 유기체는 이기적이기 때문에 외부에 흥미를 갖지 않고, 그렇기에 지구에 이익을 주는 작업을 해오지 않았다. 유기체는 상호 작용한다'는 가설을 증명해갔다.

현재 가이아 이론은 과학계에서 입지를 넓혀가고 있다. 이는 합리성을 강조한 호모 이코노미쿠스(경제적 인간)를 주장해온 주류 경제학이 심리학자와 뇌과학자, 행동경제학자의 경제활동 연구를 통해 기존에 알려진 호모 이코노미쿠스의 합리성과 이기적 선택은 현실 경제활동을 설명하지 못한다는 증명들과 마주하는 상황과 같다. 치타보다 약한 다리 근육과 호랑이보다 왜소한 턱으로 생존해온 인간 진화의 열쇠는 사회를 이루는 협력 본성에서 비롯되었다는 설명이 점점 더 주목받고 있다.

홀리스틱 과학과 생태적 디자인 사고 과정을 총괄하는 스테판 하딩은 홀리스틱 사고를 이렇게 말했다.

"우리는 네 가지 방식으로 인식합니다. 생각과 느낌은 서로 대립적이죠. 감각과 직관도 대립하고요. 홀리스틱 과학에서 저는 네 가지 인식 방식을 모두 동원하여 대상을 경험하도록 안내합니다. 어려운 작업이죠. 우리가 삶 전반에 걸쳐 가져가야 할 알아차림이니까요.

이 시대는 '생각'이 지배합니다. 우리는 너무 생각에 집착해서 느낌의 가치를 잃었습니다. 위험합니다. 하지만 너무 느낌에 의존하고 생각이 부족한 문화도 위태로워요. 무엇이든 균형을 잃은 문화는 위험합니다. 생각하는 시간, 느끼는 시간, 감각하는 시간, 직관하는 시간, 이 네 가지 인식 능력을 활용하는 홀리스틱 사고를 해야 합니다. 그리고 이 네 가지 인식 능력의 균형은 숲에서 자연과 연결될 때 자연스럽게 키워집니다."

슈마허대학은 '머리head' '가슴heart' 손hand'을 강조한다. 밥 짓고 노동하며 온몸으로 배우는 그들의 일상뿐 아니라 수업에서도 이 세 가지는 주요한 요소다. 인지적인 학습에 집중하는 다른 대학들과 차별되는 태도다. 슈마허대학의 학생들은 노란 자작나무잎이 교정을 뒤덮는 11월이면 인디언 북을 들고 다트무어 국립공원으로 나간다. 가을 학기 동안 기후변화와 생태학에서 배운 탄소 순환을 몸으로 느끼기 위한 여행이다. 교실에서 데이터를 바탕으로 학습했던 내용을 거대한 화강암으로 뒤덮인 다트무어 암석 위에서 느껴보는 시간이다. 화강암은 지구 기후에 매우 중요한 물질로, 화강암을 용해하면 대기 속의 이산화탄소를 가져올 수 있다. 이는 지구를 냉각시키는 원인이 된다. 학생들은 나뭇가지를 모아 모닥불을 피우고, 다 같이 대지에 눕는다. 하딩의 주술사 친구가 북을 울린다. 북소리에 맞춰 하늘에 고하듯 하딩이 명상을 이끄는 말을 이어간다.

"이제 우리는 탄소 원자가 되었다. 대기로 날아오른다. 화강암의 탄소 원자가 되고, 강물에 어우러진 탄소 원자가 되어 바다로 흘러간다. 바닷물 속 탄소 원자로 가라앉는다."

점점 빨라지는 북소리를 따라 하딩의 말은 신탁 받은 주술사의 주문처럼 질주한다.

"작은 해초 코카리페포라에 숨이 막혀 심해로 내려앉는다. 우리는 거대한 석회암 퇴적물이 되었다. 가라앉고 가라앉는다. 대륙 저 밑바닥으로 내려간다. 판구조론의 지질 현상에 따라 우리는 다시 이산화탄소가 된다. 그리고 우리는 다시 이 대기로 돌아온다."

한동안 침묵이 이어진다. 바위 위에서 젖은 몸을 말리는 바다코끼리처럼 학생들은 움직이지 않는다. 바위 사이에 뿌리 박힌 풀이 일어나듯 학생들은 고요를 흐트러뜨리지 않으면서 모닥불 가로 모여들었다. 특별한 경험이 남긴 진동을 끝까지 온몸으로 감각하고자 그들은 바람과 새의 언어만 허용했다. 하딩은 그 순간을 일러 '가이아 되기being Gaia'라고 했다. 실제 살아 있는 고귀한 존재로 거대한 행성의 일부가 되어 지구 자체가 되는 경험을 하는 것이다. 하나의 고대 물질이 수천만 년의 시간 동안 진화하며 점점 복잡해지고, 더 복잡해지고, 더욱 더 복잡해진 생명체로 거듭나 마침내 인간의 의식을 갖추어 그 바위 위에 존재하는 긴 시간을 알아차리는 것이다. 하딩은 과학이라는 통로 덕분에 그 순간을 모두 함께 인지할 수 있다고 설명한다. 그들에게 깨달음은 곧 생태인 듯했다.

"맞아요, 깨달음은 생태입니다. 부처님께서 깨달으셨을 때 왜 땅을 짚으셨겠어요? 이 모든 것의 목격자가 되기 위함이었죠. 대지 전체와 맞닿으며 붓다는 이렇게 생각하셨을 겁니다. '마침내, 인간이구나.' 그 모든 과정을 깨친 첫 번째 인간으로서 '이는 모두 하나의 전체적인 의미이자 정신체계이며, 기적적인 진화의 과정'이라는 것을 깨닫고 '왜 우리가 여기 인간으로 있는가'를 깨우친 거죠. 바로 가이아를 사랑하고자, 이 진화의 전체적인 장엄함을 사랑하고자, 단지 이 행성만이 아니라 우주를 사랑하고자, 그는 이 모든 것이 무언가를 위해 더 나아가려는 시도라는 것을 안 겁니다. 가이아를 위한 길, 인류를 위한 길, 모든 변화를 위한 길이죠. 제가 저의 학생들과 함께 나아가려는 그 길입니다."

전환을 위한 경제학을 배우는 스물세 살 대학원생 에밀리 스웨인은 내게 전날 참여했던 수업이 어떻게 진행되었는지 들려주었다. 에밀리는 켄트대학에서 성장 중심의 주류 경제학을 배우며 윤리적인 갈등을 겪다가 1년 동안 회사에 다니며 학비를 모아 슈마허대학에 입학했다.

"예전에 저는 머리로 배웠어요. 오로지 생각하는 것으로요. 하지만 지금은 온몸으로 배웁니다. 경제도 온몸으로 배워요. 어제는 그룹 수업을 했는데 몸으로 자신이 맡은 경제 요소를 표현하는 수업이었습니다. 저는 정부를 표현했고, 한 친구는 기업을, 다른 친구는 공유재를, 또 한 친구는 가정을 표현했어요. 시장 활동을 몸으로 시뮬레이션한 거죠. 정부인 나는 이들과 어떤 관계를 맺어야 할지 고민했고, 미래를 위해 공유재와 가까워지고 싶었는데, 갑자기 그 친구가 쓰러지듯 누웠어요. 저는 머리로는 공유재를 일으켜야 한다고 생각했지만, 반사적으로 그 친구를 발로 밀치고 말았습니다. 현실의 영국 정부는 공유재를 별로 달가워하지 않죠. 기업과 친합니다. 가정경제는 신경도 쓰지 않고요. 저는 생각과 현실 사이에서 어떻게 해야 할지 온몸으로 고민하게 되었어요."

슈마허대학에는 교정에도 강의동에도 명상실이 있다. 경제학자 조너선 도슨의 수업도 명상 종을 울리며 시작한다. 강의실 바닥에 카펫이 깔려 있어 모두 신발을 벗고 들어오고 몇 명은 교실 가운데 놓인 방석에 가부좌를 틀고 앉아 수업을 듣는다. 교수와 학생은 온몸을 깨워 지구 생존 연장을 위한 탐험으로 나아간다.

에밀리가 만약 켄트대학에서 바로 경영대학원으로 진학해

취직을 한다면, 다른 사람보다 더 많은 급여를 받고, 학자금 대출도 더 빨리 갚을 수 있을 것이다. 하지만 에밀리는 졸업 후 도시가 아닌 고향으로 돌아가 진로를 탐색할 계획이라고 했다. 산업화와 자본에 밀려 농사를 그만둔 아버지가 지역 농부들과 다시 농사를 짓고 싶어하고, 지역경제와 유기농 먹거리를 지속해서 길러낼 방법을 함께 찾겠다고 했다. 슈마허대학에서 온몸으로 익힌 '전환을 위한 경제학'을 이웃의 삶이 나아지게 하는 데 쓰고 싶다고 했다.

슈마허대학이 집중하는 또 다른 대안은 '생태적 지역경제 시스템'이다. 지역 공동체마다 공적 기능을 하는 기관들이 있다. 병원, 대학, 학교, 프로 스포츠팀, 공공기관 등이다. 급식, 가구, 유니폼, 세탁 서비스 등 대부분 입찰받을 때 가격을 우선으로 평가한다. 만약 이 기관들의 선정 기준에 생태적 영향을 포함한다면 지역경제는 달라진다. 종업원이 지역에 사는 사람인지, 환경 영향을 최소화한 생산 체계인지, 기업 윤리나 노동조건, 지역 제품 사용 비율 등에 따른 기준이 포함된다면 가이아의 수명은 연장된다.

국가적인 단위에서는 예를 찾기 힘들지만, 실제로 지역 공동체 단위에서는 이 기준이 확산되고 있다. 그중 한 곳이 미국 오하이오주 클리블랜드에 있는 에버그린 협동조합 네트워크다.

특히 이들이 개척한 부분은 지역 노동자들이 소유한 협동조합에 우선권을 주는 방식이었다. 이 방식은 지역 일자리 창출뿐 아니라 지역민의 건강에도 변화를 이끌었다.

슈마허대학의 경제학 수업은 생명과 평등의 가치를 지향한다. 노동 생산성 혁신을 통해 인간의 노동이 기계로 대체되어가는 시대에 세금을 노동에서 자원으로 옮기자는 요구와 기업 경영 집단에 대한 법적 의무를 가져오는 제재, 단기 투자로 주주의 이윤을 극대화하는 관행 제한 등에 집중한다. 여기에 경제적 인간에 대한 진실을 잊지 않는다. 아프리카와 남아시아에서 활동하기도 했던 조너선 도슨은 데이타와 더불어 그의 경험을 바탕으로 한 견해를 덧붙였다.

"우리가 느끼는 만족감은 시장경제와 연결되어 있지 않습니다. 우리 종種이 성공한 까닭은 자비와 사회적 참여가 있었기 때문입니다. 행복의 원천은 시장에서 구입하는 물질에 있지 않아요. 우리의 문화, 우리의 정신에 있습니다. 한국 사회와 서구 사회를 들여다봅시다. 자살, 우울, 불행의 정도나 도시 스모그로 인한 호흡 곤란 같은 수치는 다른 개발도상국들보다 낮아요. 소득과 웰빙 지수가 어느 지점까지는 함께 갑니다. 하지만 영국이나 한국은 그 지점을 한참 전에 지났어요. 국민소득 1만5000달러가 넘어가면 상관관계가 사라집니다. 이제 우리의 조건에서 장수, 웰빙, 건강, 교육을 측정하는 데 시장 중심 관점은 작동하지 않습니다. 우리는 주체의 변화, 생각의 변화를 통해 인간다운 정이 통하는 경제를 만들 수 있습니다."

슈마허대학에서 사티쉬 쿠마르를 비롯한 여러 사람과 대화를 나누며, 바보 같은 질문도 빠뜨리지 않았다.

"이 작은 학교가 무엇을 할 수 있다고 생각합니까?"

누군가는 웃었고, 누군가는 엄지손가락으로 자신을 가리켰다. 가장 길게 답을 한 스테판 하딩의 말이다.

"지금 우리는 매우 심각한 기후변화, 종 멸종, 문화 멸종, 언어 멸종, 정신적인 멸종을 경험하고 있습니다. 어쩌면 지구 탄생 46억 년 만에 맞는 가장 심각한 위기일지도 모릅니다. 그 속에서 슈마허대학은 차이를 만들어왔어요. 우주가 의미 없는 어떤 물질의 축적이 아니라 그 스스로 생명으로 조직되어 있다는 것을 단 한 명이 알아차리는 것만으로도 전체는 달라집니다."

남아프리카 공화국, 스웨덴, 벨기에, 일본, 멕시코 등지에서 온 슈마허대학 사람들의 웃음은 쿠키를 굽는 시간에도, 기타를 치는 시간에도, 농기구를 정리하는 시간에도 멈추지 않았다. 그 시간 동안 지구 전체의 행복도는 나의 웃음까지 더해져 올라갔을 것이다. 연결된 유기체는 작은 울림으로도 큰 출렁임을 만든다. 가이아 경제도, 성장 중심 경제도 맨 처음은 소수의 상상에서 나왔다.

관계를 보살피는 경영

．
．
．

　토요일 아침, 고양이들은 잠들고 연분홍 매화는 잔설을 털고 있다. 영국 남서부에 있는 작은 도시 토트네스에 해가 떠오르자 담벼락에 낀 이끼마다 물방울이 반짝거렸다. 시청 앞 너른 마당은 수런거렸다. 갓 구운 빵 냄새가 공중에서 떠다니고, 흙 묻은 채소 이파리들이 바람에 살랑거렸다. 금요일과 토요일 아침에 들어서는 '농부 장터'다. 손재주를 뽐낸 공예품들도 행인의 눈을 끈다. 나는 간신히 호기심을 단속하며 모퉁이에 있는 공공 텃밭을 돌아 언덕을 오르며 '지역 기업가 워크숍'이 열리는 리코노미 센터Reconomy Center로 향했다.

　전환마을 토트네스Transition Town Totnes(이하 TTT)'는 "밝게 생각하고 함께 행동하며 세상을 바꾼다"는 슬로건을 걸고 지역

경제를 살리고자 2006년에 마을 주민들이 만든 조직이다. 거기에 리코노미 센터가 있다. 그들이 추구하는 가치는 이윤 추구를 중심으로 작동하는 거대 기업들의 셈법과 다르다. 그들은 지구 환경을 훼손하고 농민의 삶을 위태롭게 하는 경제 시스템의 변화를 절실하게 바란다.

TTT는 2011년에 '지역 기업가 워크숍'을 처음 열었다. 살아가는 모든 이들의 자립, 이를 위한 지역의 자립을 도모하고자 집단적 아이디어 축제를 벌인 것이다. 새 사업을 준비하는 사람, 이미 사업을 꾸려나가는 사람들이 자신들이 이루고자 하는 가치를 전하자, 여기저기서 그 뜻을 받는 제안이 터져 나왔다.

"1000파운드를 빌려줄게요."

"지역에 인센티브를 내겠다니, 100파운드를 후원할게요."

"그 설비가 저한테 있습니다. 가져다 쓰세요."

"당신이 찾는 보리를 산 너머 사는 제 친구가 기릅니다. 소개할게요."

"케이크를 구워 갈게요."

"힘내라고 안아주고 싶어요."

눈에 보이고 만질 수 있는 지원이 그 자리에서 일어났다. 눈에 보이지 않는 믿음도 생겼다. 나도 무언가를 하려고 하면 이런 지원을 받을 수 있겠다는 든든한 바탕이 다져졌다.

워크숍은 8년째 이어지고 있다. 그 과정에서 지역 최초의

맥주회사 '뉴라이언 맥주'가 탄생했다. 그뿐 아니다. 지역 카페에서 수거한 커피 찌꺼기를 팩에 넣어 개인이 표고버섯과 느타리버섯을 재배할 수 있도록 판매하는 '그로우 싸이클grocycle.com', 지역 농민들과 함께 유기농 농사를 지을 수도 있고, 매주 채소꾸러미를 받을 수 있는 '스쿨팜CSAschoolfarmcsa.org.uk', 기업이나 주택의 에너지 사용 데이타를 분석해 해법을 제공하는 IT 회사인 '아간드 솔루션argandsolution.com' 같은 기업, 토트네스 재생 에너지 연합tresoc.co.uk, 토지 신탁을 통해 안정적인 주거를 공급하는 '전환주택 공동체transitiontowntotnes.org/transition-homes' 등 30여개의 프로젝트가 탄생했다. 그리고 리코노미 센터는 의회와 협상해 3층 건물을 무상으로 임대받아 상시적인 지역 기업 컨설팅 인큐베이터로 자리 잡았다.

토요일 아침 찾아간 '지역 기업가 워크숍'은 오전 9시 30분부터 오후 4시 30분까지 창업 지원과 사업 컨설팅을 하는 '리코노미 MBA'였다. 세 명의 여성이 참가했다. 토트네스 인근에 있는 대도시 플리머스의 건설회사 직원인 로라와 프랑스 브르타뉴 교육청에서 공무원으로 일하다 은퇴한 코린, 개인사업을 하다 지역과 함께할 수 있는 일을 알아보려고 왔다는 제인이다. 코린이 배낭에서 따끈한 크레페를 꺼냈다. 발효된 유기농 메밀로 만든 크레페가 구수하고 쫀득했다. 영국과 바다를 공유하고 있는 프랑스 브르타뉴 스타일 크레페를 토트네스에 소개하고자 코린은 "오팔라HOPALA"라는 푸드트럭을 시작했고, 넉 달째 접어들었다. 페이스북 광고와 웹사이트 홍보만으로는 다양한 고객을 찾기 어려워 참가했다. 로라는 회사에서 새로 기획한 공익사업 담당자로 뽑혔는데, 당장 무엇부터 해야할지 막막하던 차에 거리에 붙은 리코노미 센터 안내 포스터를 보고 왔다.

강사는 리코노미 센터장인 제이 탐트다. MBA를 수료하고 실리콘밸리에서 IT 기업을 운영하다 뉴욕 9·11 테러를 보며 삶의 궤도를 바꿨다. 그린 스타트업을 했고, 딸이 태어나면서 토트네스로 이주해 TTT 창립에 참여했다. 탐트는 코린과 로라의 상황을 분석하고는 현실 가능한 대안을 제시했다. 사업 대상만 어린아이가 있는 가족으로 정해놓은 로라에게는 타깃 고객 분석, 지역 조사, 추구할 가치를 세분화해서 준비하도록 각종 자료와 실제 사례를 제시했다. 코린에게는 교육자였고 브르타뉴 출신이라는 점을 강조하는 스토리텔링뿐 아니라, 지역 조직들과 유기농 메밀 재배자, 해산물을 공급할 어부를 소개했다. 워크숍이 마무리될 즈음 로라는 자신이 아직 시작이라고 말하기조차 어려운 단계라는 것을 알게 되었지만, 그래도 고민을 나눌 공간과 든든한 네트워크가 곁에 있어 힘이 난다고 했다. 코린은 마지막에 진행된 사업 가치를 표현하는 한 문장 쓰기에서 "당신의 영혼을 살리는 크레페"라는 슬로건을 발표했다.

리코노미 센터가 가고자 하는 길을 제이 탐트는 이렇게 설명했다.

"우리에게는 더 많은 기업이 필요하지 않습니다. 새로운 종류의 기업이 필요하죠. 국가가 진흥하는 프로그램은 일자리 프레임에 갇히곤 합니다. 큰 기업을 유치해 일자리 300개를 창출하겠다고 합니다. 하지만 현실은 300개 일자리를 무너트려요. 테스코나 월마트가 들어오고 문 닫은 지역 상점이 속출했죠. 그와 연결된 지역 식량 사슬도 끊어집니다. 다 함께 사는 삶이 필요해요."

워크숍을 하는 도중 점심시간에도 토트네스의 지역 식량 사슬이 갖는 역량을 실감할 수 있었다. TTT 소속 단체인 푸드 인 커뮤니티Food in Community가 주최하는 '밥값 부담 없는 카페' 행사가 시내의 교회에서 열리고 있었다. 회원들이 기른 유기농 채소로 애피타이저에서 디저트까지 10여 가지 음식을 마련해 놓은 뷔페다. 내고 싶은 만큼 밥값을 내고 먹는 정찬이고, 없으면 안 내도 되는 잔칫상이다. 교회 앞에는 '쉐어쉐드shareshed.org.uk'에서 나온 자원봉사자가 회원 모집에 열심이었다. 쉐어쉐드는 물품 대여소다. 자전거, 사다리, 전동 드릴, 제초기, 기타, 믹서 등을 2~3파운드만 내면 빌려 쓸 수 있다. 순환경제가 현실에서 기능하도록 시민들이 만들었다.

TTT의 공동 창립자이자 세계 2000여 전환마을 조직을 대표하는 나리쉬 지안그란데는 '전환'을 이렇게 설명한다.

"알아차리는 겁니다. 우리 문명이 멸망의 슬로 모션으로 무너지고 있다는 것을요. 바꿔야 한다는 자각이 전환입니다. 그리고 전환은 과정이죠. 영웅적인 기업가 한 명보다는 많은 평범한 사람이 자신의 삶을 변화시키며 새로운 경제 질서를 만드는 겁니다."

토트네스 시민들이 지역 생산물의 가치를 중시한다는 점은 대화에서도, 옷가게, 식료품, 잡화점의 진열대에서도 느낄 수 있다. 시민들에게 지역 유기농 농산물의 가치를 심어준 중요한 기업이 있는데, '리버포드 유기농 농부들riverford.co.uk'이다.

뉴욕에서 경영 컨설턴트로 활동하던 가이 왓슨은 소수의 이윤을 위해 재편되어가는 자본주의 질서에 위협을 느끼고 1987년에 고향 토트네스로 돌아왔다. 부모님이 일구던 밭을 이어받아 유기농 농산물 꾸러미 배달 회사를 시작했다. 직접 키운 채소를 스무 명 남짓한 친구들에게 배달했다. 30년이 지난 오늘, 리버포드의 농산물과 축산물은 매주 5만여 꾸러미에 담겨 영국 전역으로 배달된다. 지역의 농부들과 협업하는 방식으로 수확을 늘려왔고, 탄소발자국을 줄이자는 원칙에 따라 영국 전역에 네 군데의 거점 농장을 설립했다. 1인 가정의 증가에 대응하기 위해 IT 부서를 강화했다. 그의 농장 사무실은 실리콘밸리에 있는 거대 IT 회사에 온 듯한 기분이 들게 할 정도였다. 40여 명의 엔지니어들이 고객의 구매 패턴을 분석하며 상품을 개발한다. 리버포드 농장에 있는 레스토랑의 셰프에게 매주 수확하는 농작물로 만들 수 있는 요리 레시피를 개발하도록 해서 꾸러미 상품을 내놓고, 도시 직장인을 위해서는 30분 요리 레시피와 그 재료만으로 구성된 상품을 만들었다. 플라스틱을 줄이고자 포장재는 수거해 재활용한다.

가이 왓슨은 힘들 때면 들판에 나간다고 했다. 들판은 그에게 스승이고, 그 스승의 가르침 속에 자본주의의 한계를 돌파할 해법이 있다고 했다. 텃밭 가꾸기 캠페인을 하며 봄이면 텃밭 농사 워크숍을 연다. 고객이 농사법을 배워 씨앗을 사가면 여름에 리버포드의 매출이 줄어들 텐데 괜찮냐고 물으니 껄껄 웃으며 들판에서 고랑 너머로 대화하는 농부의 목청으로 답했다.

"당장은 매출이 줄겠죠. 그런데요, 길게 보면 농부들의 끈끈한 관계 속으로 한 식구가 더 들어오는 겁니다."

리버포드의 자산 가치는 2015년에 607억 원이었다. 투자 회사들이 하루가 멀다고 전화를 걸어왔다. 회사를 팔라는 제안이었다. 왓슨은 숙고한 뒤 지난해 6월, 노동자 지주회사로 전환한다고 발표했다. 그는 이제 회사를 소유한 650명 중 한 명이며 노동자다.

"농부는 땅을 보살피고 작물을 길러 나와 이웃의 삶을 가꾸는 사람입니다. 저는 우리 농부들을 믿습니다. 지구를 가꾸는 최선의 길이 농사에 있고, 그 길은 훗날 제가 없더라도 우리 직원이자 소유자인 농부들이 지켜나갈 겁니다. 오늘날의 자본주의는 탐욕을 강요해요. 그래서 노동자 지주회사로 우리의 가치를 이어가려고 합니다."

　　미국에는 오늘의 자본주의가 만들어놓은 불평등 구조를 재편하고자 법을 제정하며 행동하는 그룹이 있다. 캘리포니아 오클랜드에 있는 '지속 가능한 경제 법 센터theselc.org'다. 이들은 주로 대기업을 위해 일하는 로비 단체들에 의해 만들어지는 미국의 법을 지역에 사는 시민들이 만든 법으로 바꾸는 법적 인프라를 구축하고 있다. 이들이 제정한 법으로 2012년 캘리포니아 의회를 통과한 '가정식품법California Homemade Food Act'이 있는데, 점포를 임대하지 않아도 집에서 식품을 만들어 팔 수 있게 한 법이다. 법이 발효되자 2013년에만 1000여 곳에서 가정식을 판매했다. 저소득층이나 이민자 가정이 가장 쉽게 시작할 수 있는 일이다. 지금은 빵, 쿠키, 그래놀라 같은 유통기한이 긴 음식만이 아니라 따뜻한 음식까지 이 법에 포함되도록 개정하려고 한다. 더욱이 이 법 개정에는 우버나 에어비앤비 같은 플랫폼들도 로비 단체를 끌어들이며 활동하는데, 개인이 만든 음식이 그들의 플랫폼을 통해 판매되도록 하기 위해서다. 하지만 지속 가능한 경제 법 센터는 플랫폼을 통하더라도 거대 IT 기업이 아니라 지역 공공기관에 속한 플랫폼으로 제한하려고 한다. 지역의 자원을 바탕으로 발생하는 수수료 수익은 특정 기업이 아닌 지역 공동체를 위해 순환되어야 하기 때문이다.

이들이 노력을 기울이는 또 하나의 축은 노동자 협동조합이다. 노동자가 주인이 되어 운영하는 노동자 지주회사다. 지속 가능한 경제 법 센터에서는 기업에서 경영을 담당하는 노동자이자 소유자들에게 경영 훈련을 지원하는 기업훈련소를 운영하고, 매달 세 번씩 법률 자문 카페를 연다. 이들이 함께 만든 노동자 협동조합 가운데 지역 문화까지 성공적으로 바꾼 기업으로 만델라 잡화점 협동조합mandelagrocery.coop을 들 수 있다. 아프리카계 미국인들이 밀집한 서오클랜드는 80년 가까이 행정적으로 소외된 곳이다. 뉴딜 정책이 진행될 때, 미국 정부는 시민들이 집을 사서 중산층으로 편입하도록 주택 대출을 권장했는데, 특정 지역 거주자들에게는 대출 거부 정책을 폈다. 대부분 시카고, 오클랜드, 뉴욕 등에 있는 흑인 밀집 지역 거주자들이다. 그 결과 이들은 중산층으로 편입할 기회마저 갖지 못했고, 지역은 식료품점조차 들어오지 않는 식량사막이 되고 말았다. 그곳에 2009년 만델라 잡화점 협동조합이 문을 열었다. 지금은 규모도 세 배로 커져, 여느 중산층 지역에 있는 마켓 못지않은 설비를 갖추고 있다.

가장 취약한 곳에 제일 먼저 지원한다는 원칙으로 지속 가능한 경제 법 센터는 온라인 플랫폼 협동조합도 시도하고 있다. 지역 서비스 공급자들만의 플랫폼이다. 마사지사, 청소부, 반려견 산책 대행인 들이 소유자이자 서비스 제공자가 되어 플랫폼 수익금을 분배받는 방식이다. 이미 캘리포니아 농장 노동자들을 위한 프로그램은 여러 성과를 내고 있다.

리버포드 유기농 농부들이 노동자이자 소유자로서 밭을 일굴 때, 거대한 캘리포니아 유기농 산업 토지에서 농사짓는 농부들은 오직 노동자로서 의무만 요구받으며 일을 한다. 이들 농장 노동자들을 지원하기 위해 노동자 소유 농장을 만들고, 은퇴한 농부들의 토지를 사서 토지 신탁으로 돌리고 있다. 또한 특정 부지를 영구적 유기농 농지로 묶는 법안도 캘리포니아의 여러 기관과 함께 추진 중이다.

세계 어느 도시나 젠트리피케이션에 대한 고민이 깊다. 지역경제를 활발하게 일궈 놓으면, 임대료 상승이라는 반갑지 않은 손님이 들이닥친다. 자영업자뿐 아니라, 그 업소에서 최저임금을 받고 일하는 노동자들마저 몸 누일 방값이 올라 멀리 쫓겨나는 신세가 된다. 이를 막아낼 방법도 협동조합에서 찾고 있다. 지속 가능한 경제 법 센터의 경제적 민주주의 분과장이며, 전미 노동자 협동조합 연맹 이사회장인 변호사 리카르도 누네쓰의 설명이다.

"미국에서는 부자가 아니면 지역경제에 투자할 수 없어요. 그래서 다들 월스트리트의 주식시장에 투자하죠. 최근에 출범한 이스트베이 영구 부동산 협동조합ebprec.org은 지역 주민이라면 누구나 1000달러까지 투자할 수 있도록 해서 그 돈을 모아 부동산을 사거나 주택 협동조합이나 토지 신탁을 만듭니다. 집세를 못 내서 쫓겨나는 사람들이 없도록 영구 부동산 협동조합을 만든 거죠. 여기에 주 정부나 시 정부의 지원도 이끌어냈습니다. 중소기업이나 자영업자를 위해 상업용 부동산도 포함했고요. 도시에 젠트리피케이션이 진행되면 공동체는 문화를 잃습니다. 우리가 갖고 있는 문화 자본을 지켜야 합니다."

오클랜드와 샌프란시스코 지역에는 성공한 노동자 협동조합 모델이 있다. 1970년대에 부흥했던 노동자 협동조합이 한두 개만 남고 스러지자, 흩어졌던 활동가들이 지역 제빵 노동자들과 뭉쳐 1996년에 '아리스맨디 협동조합 협의회arizmendi.coop'를 세웠다. 이들은 실패의 원인이 노동 집약적인 운영에 있었다고 보고, 하나의 성공한 모델을 만들어 이를 복제한다는 전략으로 협의회를 강화했다. 20년이 지난 지금 노동자이자 소유주인 회원이 840명에 이르고, 제과점 여섯 곳과 조경회사, 건설회사를 운영한다. 제과점은 같은 레시피를 공유하며 회계, 법률, 교육, 매장 부지 선정 등은 협회에서 맡는다. 각 제과점과 건설회사, 조경회사는 동수의 운영위원을 뽑아 의사 결정을 한다.

흔히 노동자 협동조합은 규모가 작은 회사에서나 가능하다거나, 노동자가 대기업을 경영하기엔 역부족이라는 선입견을 가질 수 있는데, 이를 말끔히 씻어낼 성공의 증거들이 도처에 있다. 가정방문 돌봄 노동자 2200명이 주인인 뉴욕 홈케어 협동조합 연합회Cooperative Homecare Associates뿐 아니라, 8만6000명의 노동자가 이끄는 스페인 몬드라곤 노동자 협동조합을 예로 들지 않아도 된다.

누네쓰에게 센터에서 활동하는 동안 가장 잊지 못할 순간은 언제였는지 물었다. 정말 어려운 질문이라며 난감해한다.

"멕시코 출신 여성 노동자이자 기업가들과 일할 때였어요. 최근 몇 년 동안 노동자 협동조합이 성장하는 데는 여성 이민자들의 역할이 매우 컸습니다. 새로운 협동조합원의 절대 다수를 차지하죠. 이민자 여성들은 심하게 착취당합니다. 청소 노동자는 회사의 강요로 건강을 위협하는 독한 세제를 쓰고 있어요. 그들과 협동조합을 만들었습니다. 케이터링 협동조합에도 이민자 여성들이 많고요.

트럼프가 당선되었을 즈음 회의를 하는데 한 여성이 울음을 터뜨렸습니다. 트럼프가 '브라운 피플(중남미 이민자)들을 쫓아'버리라고 한 말이 너무 무섭다고요. 그러면서 자기가 유일하게 희망을 느끼는 공간이 협동조합이래요. 스스로 결정할 수 있고, 지출하고 대출받을 때 발언권을 갖는 유일한 곳이라고요.

사회에서는 늘 없는 사람으로 취급당하는데 말이죠."

　과연 이윤을 추구하는 산업 현장에서 모든 인간은 부품처럼 취급받아야 할까? 끝으로 소개하고 싶은 기업이 있다. 브라질 산타크루즈도쑬에 있는 고무제품 생산업체인 '메르쿠르 mercur.com.br'다.

　1924년 창업했고, 한 가문에서 4대째 소유하고 있다. 메르쿠르는 1995년까지 해마다 두 자릿수 성장을 이어왔다. 그러나 회사가 커질수록 사주를 비롯해 700여 직원들의 일상엔 피로만 쌓여갔다고 한다. 변화의 시작은 사주로부터 왔다. 전문 경영인 체제로 전환하며 기업 문화를 전면적으로 검토하기로 하고 점검 팀을 꾸렸다. 당시 컨설팅을 맡은 책임자가 슈마허대학을 다녀온 경험이 있어 슈마허의 이념을 소개하며 이사회와 함께 지속가능성을 추구할 길을 모색했다. 환경적으로, 사회적으로, 경제적으로 살폈다. 이 연구는 2007년까지 이어졌으며 회사는 비전과 가치를 세운 다음 일상 업무에서 활용할 교육과정을 만들었다. 2009년까지 모든 직원이 함께 공부하며 변화를 만들었다. 메르쿠르의 CEO 브레노 스트러스만은 그들이 추구한 최고의 가치는 '관계'라고 힘주어 말했다.

　"우리는 성장을 포기했습니다. 대신 관계를 살피기로 했어요. 지구와 관계, 다른 이익 당사자와 관계, 우리 직원들과 관계

말이에요. 성장은 반드시 그에 따른 부작용을 발생시킵니다. 우리가 사회 속에서 가치를 높이자고 시각을 바꾸면서 생산품도 달라졌습니다. 두 자릿수 성장을 할 때는 유럽, 미국, 아시아에서 잘 팔리는 물건을 가져다 디자인만 변형해 팔기도 했는데요. 지역 공동체와 함께 성장하겠다는 생각을 굳히면서, 지역의 요구에 집중했습니다. 교육 교재도 다양해지고, 경쟁력 있는 제품과 프로그램을 만들면서 파생되는 새로운 비즈니스가 창조되었습니다."

그들은 공격적인 관계 맺기가 아니라 함께하는 관계 맺기를 시작했다. 회사의 인사 시스템도 수평적으로 바꿨다. 부서가 아닌 프로젝트 중심으로 경영하면서 새로운 프로젝트를 시작할 때마다 지원자를 받았다. 운전사로 들어왔더라도 특정한 프로젝트에 참가한다면, 그 프로젝트에 대한 아이디어를 궁리하고 생각을 표현하는 노력을 해야 한다. 회사의 주요 프로젝트는 모든 직원의 투표로 선정해 왔다.

메르쿠르는 수입에 의존하던 비율을 40퍼센트에서 20퍼센트 미만으로 줄여 대부분의 자재를 지역 제품으로 대체했다. 담배 사업을 중단했고, 무기 산업과 관련한 사업도 중단했으며, 아동 노동을 이용하는 기업과는 거래를 끊었다. 탄소 배출량을 반으로 줄였고, 물 사용량도 줄였다. 그래도 메르쿠르는 여전히 이윤을 창출한다.

브레노 스트러스만에게 브라질에서 메르쿠르의 기업 순위를 물었다. 성장을 포기한 기업의 최고경영자에게 묻기엔 민망한 질문이었지만 그는 솔직하게 말해주었다. 직원 규모, 매출 규모 등 종합적인 카테고리를 적용하면 500위 안에는 든다고 한다.

메르쿠르는 2009년 이후 단 한 명의 노동자도 해고하지 않았다. 매출이 급감했던 2014년에는 해고를 피하려고 전 직원회의를 열어 노동시간 단축을 결의했다. 주 44시간이던 노동시간을 36시간으로 줄이고 임금은 이전과 같은 액수를 지급했다. 한편 근속에 따른 인상분과 그해 임금 인상을 동결해 지출 예상 액수를 줄였기에 가능했다. 흑자로 돌아선 2016년부터는 임금을 8퍼센트씩 인상했지만 노동시간은 주당 36시간으로 유지하고 있다. 동일 노동 동일 임금을 적용하기 때문에 남녀 임금 차이도 없다. 브레노 스트러스만은 심리학자들과 진행한 연구를 통해 직원 간의 임금 격차를 줄이는 것이 회사 경영에 더 유리하다는 것을 알았기 때문이라고 했다. 관계를 보살피는 경영이다.

물레방아의 홈에 물이 차 바퀴가 돌아가듯 모든 거대한 변화는 변화를 갈망하는 집단의 기운이 차오를 때 변곡점을 만든다. 역사의 물결도 꾸준히 변화를 모색해온 지류의 정화 작용이 강으로 흘러들어 그 강물의 성질을 바꿔왔다. 재생에너지 전환 정책이 지난 2016년 미국 대선에서 힐러리 클린턴의 경제 정책으로 떠오를 수 있었던 배경에도 반세기 동안 무던히 애써온 수많은 풀뿌리 운동가들과 개인들의 모색이 있었다. 오늘도 전환 마을 토트네스와 지속 가능한 경제 법 센터, 그리고 한국을 포함해 세계 곳곳에서 전환을 모색하는 집단들은 이웃과 함께 공존하는 장을 열고 있다. 변화는 언제나 우리 안에 있었다. 그리고 우리의 모든 행동은 내일 우리가 살아갈 세상을 만든다.

나도 그래

·

·

·

한 달 동안 친정에 머무르다 집으로 돌아가기 전날이었다. 열린 창으로 후덥지근한 바람이 들어왔다. 어머니가 옷장 서랍에서 발목까지 오는 크림색 타이츠를 꺼내 건넸다. 펼쳐보니 엉덩이 부분을 가위로 자른 어머니의 창작품 '발토시'다. 어머니의 과감한 가위질은 어릴 적 구멍 난 양말을 감쪽같이 새것으로 만들던 솜씨에서도 빛을 발했다. 발토시를 내밀며 은근하게 한마디 하신다.

"비행기 타면 춥잖아."

혈액 순환을 위해 종아리를 감싸라는 처방이다. 2017년 여름의 이별 추억이다.

그보다 5년 전, 일곱 편의 인터뷰 시리즈를 진행하면서 공항 근처에만 가도 설레던 마음이 두려움으로 바뀌었다. 값싼 티켓을 찾아 밤에 뜨는 비행기를 탔고 이코노미클래스 증후군을 겪었다. 앉아서 밤을 새워야 하는 상황은 나의 순환계에 부담을 주었다.

처음엔 헐렁한 원피스를 입는 것으로 대책을 삼았다. 좁은 좌석에서 양반다리를 할 수 있도록 허리선이 없고 엉덩이 부분에서 주름이 잡힌 옷이다. 옷 다음으로 챙기기 시작한 것은 물통이다. 거기에 어머니의 발토시가 들어온 것이다.

그날 비행기 좌석은 창가였다. 옆에는 노년의 백인 부부가 앉았다. 아주머니는 타자마자 눈을 감고 잠을 청했고, 아저씨는 킨들에 눈을 고정했다. 이륙하고 2시간이 지났지만 부부에게 미안해 화장실 가겠다는 말이 나오지 않았다. 브래지어 끈이 숨통을 조여왔다. 아주머니가 몸을 뒤척일 때 겨우 용기를 내 "익스큐즈 미"를 뱉어냈다. 어깨를 움츠린 채 화장실로 가서 불편함을 덜어내고, 자리로 돌아오며 승무원에게 뜨거운 물을 주문했다. 따뜻한 물이 들어가니 속이 가라앉았다. 그러나 채 1시간도 지나지 않아 다시 화장실이라도 가야겠다는 조급증이 일었다. 숨이 차오르고 가슴이 답답했다. 입은 열리지 않았다. 그런 나를 설득하며 억지로라도 용기를 끌어모으는데, 어럽쇼! 몸이 스스로 벌떡 일어났다. 아주머니가 눈을 떴고, 다리를 옆으로 돌리자, 아저씨가 일어나 길을 터주었다. 승무원에게 한 번 더 뜨거운 물을 요청했다.

돌아와 자리에 앉자 아주머니는 다시 눈을 감았다. 아저씨도 다시 선반을 내려 킨들을 올려놓았다. 두 분의 고요한 밤을 방해한 것 같아 아저씨에게 몸이 좀 안 좋다고 말하니 아저씨가 답했다.

"나도 그래."

당신도 불편하기에 책을 본다며, 나더러 손목을 돌리며 혈액 순환을 시키라고 시범을 보였다. 그도 불편하다는 것을 알고 나니 턱까지 올라왔던 숨이 툭하고 떨어졌다. 몸을 세워 고개를 돌려 뒤를 보았다. 비행기 꼬리까지 50여 줄 빼곡히 앉은 자리마다 모니터 불이 환하게 밝혀 있었다. 새벽 2시를 지나는 시간에 다들 불편한 몸을 잊고자 모니터에 눈을 두고 있었다. 중년의 몸도, 노년의 몸도, 그리고 청년의 몸도 그 불편을 비껴가지 못하고 있었다.

혼자가 아니라는 것을 알게 되니 불안도 잦아들었다. 노트북을 열었다. 번역 원고 파일을 닫고 그리운 이들에게 글을 썼다. 한국에 있는 어머니를 떠올리며, 돌아가신 아버지에게, 그리고 아홉 살과 일곱 살 아이를 집에 두고 나오느라 부산했던 지난 일주일의 나에게.

2013년 벽두에 나는 첫 책을 냈고, 한국에 다녀오며 다시 일 속에 파묻혔다. 소진한 줄 모른 채 소진해버렸다. 친하게 지내던 친구가 보스턴으로 이사 가고, 나도 새집으로 이사하고 나서는 사적인 만남을 거의 갖지 않았다. 밤을 밝히며 글을 쓰고, 영어 기사와 책을 번역하며 책상에 붙어 있었다. 한동안은 이틀에 하루꼴로 잤다. 1년에 서너 번 있던 사교 모임에 참석하고 나서도 집에 돌아오면 잠을 덜어 시간을 채워 일했다. 왜 그랬을까.

'산다는 것'을 구체적으로 받아들이지 못했을 때, 나는 '견디는 것'과 혼돈했다. 견디는 것에 들어 있는 '작위적인 힘'을 인지하기 전이다. 산다는 것은 이런저런 상황을 살아가는 것이다. 거기에 '잘' 또는 '애써'라는 수식어가 붙을 때 삶은 견뎌야 하는 것이 되고 만다. 마치 물속에서 물을 찾으려 애쓰는 물고기처럼, 나는 숨을 쉬고 있으면서 숨을 쉬고자 애썼고, 시원히 터지는 숨을 찾으려고 목구멍을 조이며 숨을 참았다. 스스로 호흡하고 있는 내 몸을 잊은 채. 작위 없는 삶 속에 기쁨과 슬픔, 살맛이 들락거리는 것을 언제쯤 실컷 누리게 될까? 이 또한 찾을 필요 없는 것을 찾고 있는 것이겠지.

이 책에 수록된 에세이는 2012년부터 2020년 사이에 쓴 글이다. 그중 일부는 2018년 경향신문에 연재한 〈안희경의 일상과의 대화〉와 2019년에 연재한 〈안희경의 보살핌의 경제로〉를 계기로 썼다. 신문을 통해 세상과 소통하도록 해준 경향신문 관계자께 감사드린다.

그리고 에세이집을 기획하기 시작한 2018년 이른 봄부터 책이 독자에게 닿기까지 함께해준 알마출판사 모든 분께 고맙다는 말을 하고 싶다. 나에겐 배움의 시간이자 회복의 시간이었다.

•

이해인 수녀, 시인

    평소에 저자의 인터뷰집만 읽다가 에세이집을 읽는 건 또 다른 기쁨을 줍니다. 평소 안희경님의 충실한 독자이기도 한 저는 이번 책에서 세 가지를 배웁니다. 저자 본인의 지극히 개인적인 삶을 과장하거나 자기 연민에 빠지지 않고 객관적인 안목으로 담담하게 표현하는 진실성, 사소한 것도 그냥 흘려보내지 않고 세심히 원인을 알아내고 통찰하는 직관력과 탐구력, 그리고 이념과 종교의 벽을 뛰어넘어 부분이 아닌 전체를 아우르는 보편적인 인생관과 세계관이 읽는 이의 마음을 넓고 따뜻하게 만들어줍니다. 이야기의 즐거움에 더해 저절로 공부하게 만드는 이 멋진 책을 선물로 받아 안은 행복을 더 많은 이들과 나누고 싶습니다.

이상헌 국제노동기구 고용정책국장

안희경은 끊임없이 묻는 사람이다. 문명이 가야 하는 길, 평화롭게 함께 사는 길, 미래가 가리키는 길을 묻는다. 그리고 이 지난한 물음에 답을 줄 사람을 찾아다닌다. 그의 저서《문명, 그 길을 묻다》는 그렇게 나왔다. 무릎을 치게 만드는 석학의 귀한 말도 그의 발걸음 덕분에 들을 수 있었다. 그의 걸음은 코로나 바이러스 시대에도 멈추지 않았다. 그의 여로는 디지털로 옮겨 가《오늘부터의 세계》를 내놓았다.

그는 묻기 위해 떠나고, 떠나 왔던 자리로 다시 돌아온다. 그러는 동안 맨 처음 떠나온 자리 한국을 바라보는 그의 눈은 더욱 깊고 애틋하다.

안희경은 이 책에서 자신에게 묻는다. 낯선 땅에 정착하면서 꾸준히 질문을 키워왔던 시간, 그리고 사람들을 찾아 나선 시간, 그 시간 속에 흐르던 마음의 궤적을 담담하고 솔직하게 담았다. 세상의 석학들이 자리를 고쳐 앉게 만드는 것은, 바로 저 쉼 없이 질문하는 그의 삶 자체다.

김지수 기자

한 번도 본 적 없는 그에게서 또 하나의 나를 느꼈다. 인터
뷰어로서 나는 안희경과 같은 유전자를 나눈 일란성 쌍둥이처
럼 느껴졌다. 안희경은 인류가 길모퉁이에 서서 허둥댈 때마다
손들고 나서 길을 물었다. 지그문트 바우만부터 제러미 리프킨
까지, 놈 촘스키부터 리베카 솔닛까지…. 그에게 곁을 주며 온
마음으로 지혜를 나눠준 다정한 거장들은 열거하기도 벅차다.
그가 던진 질문과 그가 품어 내놓은 석학의 지혜는 거창하고 먼
텍스트가 아니라 너와 나의 일상을 그물처럼 연결한 컨텍스트
로 우리를 안심시켰다.

그 질문의 힘은 어디에서 왔을까, 나는 늘 궁금했다. 이 책
은 안희경의 일상이 어떻게 그토록 아름답고 심오한 물음표를

길어 올렸는지에 대한 생생한 잉태의 기록이다. 질문을 품은 자는 이토록 드넓은 삶을 사는구나! 인터뷰와 인터뷰를 준비하는 틈새에서 이토록 삶은 우아하게 격앙될 수 있구나!

사람들을 깨우기 위해 먼저 일어나 앉아 공부하는 사람. 본디 내 그릇만큼 타인의 삶을 담을 수 있는 법이다. 뜨거운 지성의 말을, 그 위대한 진정성을 담는 그릇으로 안희경만큼 너르고 깊고 친절하며 간절한 글을 본 적이 없다. 그리하여 이 책은 에세이라는 분류의 지정학에서 이제껏 보지 못했던, 대단히 유장하고 비범한 풍경을 갖게 되었다. 안희경의 여정을 따라가며 나는 뇌의 모공이 활짝 열리는 신비한 경험을 했다. 고맙다, 그가 처한 문장의 지정학이, 가히 동서양을 아우르는 인문 에세이의 절경을 만들어냈다.

지은이_안희경

재미 저널리스트. 서구에 부는 성찰적 기운과 대안 활동을 소개하는 글을 써왔다. 우리 문명의 좌표를 조망하기 위해 4년여에 걸쳐 놈 촘스키, 재러드 다이아몬드, 장 지글러, 스티븐 핑커, 지그문트 바우만 등 세계 지성을 만나《하나의 생각이 세상을 바꾼다》《문명, 그 길을 묻다》《사피엔스의 마음》3부작 기획 인터뷰집을 완성했다. 현대 미술가와 대화를 담은《여기, 아티스트가 있다》, 리베카 솔닛, 마사 누스바움, 반다나 시바 등과 나눈 대화를 엮은《어크로스 페미니즘》, 코로나 시기의 모색과 인류의 미래에 대한 대담집《오늘부터의 세계》, 이해인 수녀의 삶과 통찰을 담은 인터뷰집《이해인의 말》을 펴냈다. 샬럿 조코 벡의《가만히 앉다》, 틱낫한의《우리가 머무는 세상》, 샤콩 미팜의《내가 누구인가라는 가장 깊고 오랜 질문에 관하여》등을 우리말로 옮겼다.

나의 질문

1판 1쇄 찍음 2021년 1월 11일
1판 1쇄 펴냄 2021년 1월 23일

지은이 안희경
펴낸이 안지미
편집 변은숙
디자인 안지미 이은주
제작처 공간

펴낸곳 (주)알마
출판등록 2006년 6월 22일 제2013-000266호
주소 04056 서울시 마포구 신촌로 4길 5-13, 3층
전화 02.324.3800 판매 02.324.7863 편집
전송 02.324.1144

전자우편 alma@almabook.com
페이스북 /almabooks
트위터 @alma_books
인스타그램 @alma_books
ISBN 979-11-5992-325-8 03810

이 책의 내용을 이용하려면 반드시 저작권자와 알마 출판사의 동의를 받아야 합니다.

이 도서의 국립중앙도서관 출판예정도서목록CIP은 서지정보유통지원시스템 홈페이지 http://seoji.nl.go.kr와 국가자료종합목록 구축시스템 http://kolis-net.nl.go.kr에서 이용하실 수 있습니다. CIP제어번호 : CIP2020052562

알마는 아이쿱생협과 더불어 협동조합의 가치를 실천하는 출판사입니다.

종이 표지_디프메트 116g/㎡ 본문_전주 그린라이트 80g/㎡